누가 제발
이 버스 좀 멈춰주세요

지난 지음

누가 제발
이 버스 좀 멈춰주세요

봄에

Contents

1부
누가 제발 이 버스 좀 멈춰주세요

6

2부
**어느 날, 창밖에서
낯선 여성의 목소리가 들려왔다**

58

3부
**누가 저놈을 죽여준다면
통쾌할 것 같지 않아?**

106

4부
거기에 내려놓으시면 안 돼요

168

작가의 말 *210*

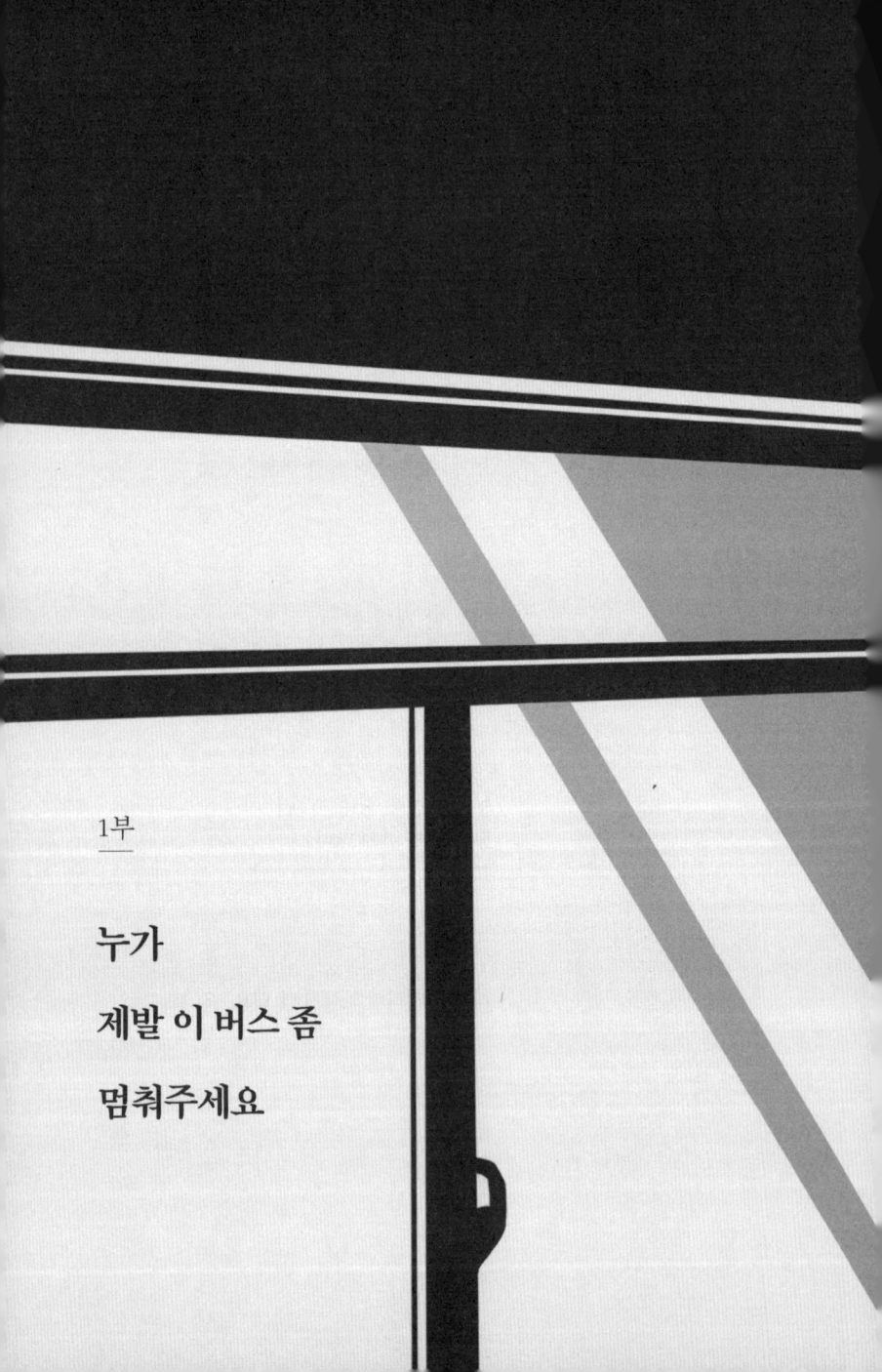

1부

누가
제발 이 버스 좀
멈춰주세요

그날, 누구도 그 버스 안에서 벌어질 일을 짐작조차 하지 못했다.
그리고 그녀의 이야기에 귀 기울여 줄 사람은 아무도 없었다.
붉으락푸르락해진 그녀의 얼굴에 어느 누구도 동요하지 않았다.

버스 안 그 누구도 그녀의 분노를 알아채지 못했다.
누군가 만약 알아챘다 하더라도,
결과는 변하지 않았을 테지만.

1

  할아버지는 이제 막 6살쯤 된 손녀와 함께 TV를 통해 얼마 전 버스에서 발생했던 기이한 사고 뉴스를 보며 알 수 없는 표정을 지었다. 손녀는 할아버지의 팔에 바짝 몸을 붙이고, 제대로 알아듣지 못하는 뉴스를 어쩔 수 없이 시청하고 있었다. 손녀는 할아버지가 보는 뉴스가 세상에서 제일 따분하고 재미없는 것처럼 느껴졌다. 웃음기라고는 찾아볼 수 없는 정장 차림의 아나운서가 세상의 사건, 사고에 대해 떠드는 것이 뭐가 재미있다는 건지 도무지 이해가 가지 않았다. 이럴 시간에 다른 재미있는 프로그램을 보는 편이 훨씬 나을 텐데. 손녀는 할아버지를 향해 애교스럽게 말했다.

"할아버지, 뭘 그렇게 유심히 봐?"

당연하게도 손녀는 할아버지가 보는 뉴스 속 이야기에 관심이 없었다. 그저 할아버지가 자신과 놀아주지 않아 조금 심통이 났을 뿐이었다. 손녀는 할아버지의 팔에 거의 매달리다시피 하며 할아버지에게 떼를 썼다. 이렇게까지 엉기면 보통 못 이기는 척 져주던 할아버지였지만 오늘만은 그렇지 않았다. 평소와 다른 할아버지의 모습에 손녀는 더욱 세게 할아버지의 팔을 흔들며 떼를 썼다.

"넌 혹시라도 나중에 저렇게 되면 안 된다. 알았지?"

할아버지는 뉴스 화면에서 시선을 돌리지 않은 채 그대로 손녀를 향해 말했다. 할아버지의 팔을 붙잡고 늘어지던 손녀는 할아버지의 말에 호기심이 들어 TV 속 화면을 쳐다보았다. TV에서는 연속해서 수많은 장면이 빠른 속도로 지나가고 있었다. 버스가 나왔고, 사람들의 얼굴이 스쳐 지나갔다. 모자이크 처리된 몇 명의 사람들이 인터뷰를 하기도 했다. 손녀는 저 많은 등장인물 중에 할아버지가 말한 사람이 누군지 도통 알아챌 수 없었다.

"뉴스에 나오는 사람이 너무 많아서 누군지 모르겠어."

손녀는 고개를 갸우뚱하며 할아버지를 쳐다보았다. 할아버지는 잠자코 뉴스를 보다가, 화면 속에 한 여성의 사진이 등장하자 눈을 번쩍 뜨고 손가락으로 TV를 가리켰다.

2

　두 개의 버스를 이어 붙인 형태의 긴 버스가 시내를 운행 중에 있었다. 시에서도 주요 번화가를 두루 거쳐 지나가는 노선의 버스였으므로, 애매한 오후 시간대에도 버스 안은 다양한 나이의 승객들로 꽤 북적였다. 버스 안의 승객들은 저마다 창밖을 보거나 아니면 고개를 무릎에 박고 휴대전화로 게임을 하거나 누군가에게 메시지를 보냈다. 바로 옆에 누가 앉아 있는지도 몰랐다. 무관심은 미덕이고 참견은 죄악인 것처럼, 버스 안의 승객들은 모두에게 무관심했고, 오로지 자신의 손바닥이나 창밖의 참견하지 않아도 되는 세계에 집중하고 있었다.

　버스 안은 고요했는데, 그 와중에 10대 소년 몇 명이 고개를 힐끔힐끔 돌리며 자기들끼리 낄낄거리는 소리가 들렸다. 그들은 서로 얼굴을 모아 들리지도 않는 몇 마디를 나누더니 일제히 누군가를 쳐다보았고, 다시 고개를 돌린 뒤 키득거리기를 반복했다. 그들의 시선이 모이는 곳엔 단정하게 근무복을 차려입은 40대 초반의 여성 버스안내원이 있었다. 안내원은 눈에 띌 정도로 체구가 큰 여성이었는데, 때문에 버스 중간에 조그맣게 마련된 안내원 전용 좌석에 앉기 위해서는 몸을 잔뜩 웅크리고 있을 수밖에 없었다. 그 모습이 어디선가 TV에서 본 듯한, 마치 몸을 둥글게 말아 굴속에 숨은 곰과도 비슷했고, 그 모습을 보며 10대 소년 무리는 자기들끼리 농담을 하며 낄낄거리고 있던 것이었다.

안내원은 10대 소년들의 수군거림이 모두 들렸지만, 개의치 않고 아무 반응도 보이지 않았다. 그녀는 좌석에 앉은 채 자신이 해야 하는 일에만 집중했다. 그녀는 체구만 클 뿐 아니라 큰 체구만큼이나 입과 행동도 무거웠다.

짓궂은 소년들의 언행을 제외하고는, 버스 내부는 평온했다. 한낮의 오후는 나른했고, 도로는 꽤 여유로웠다. 기사는 베테랑이었다. 허리가 긴 2단 버스인에도 버스는 승차감이 나쁘지 않았다. 버스 주변에서 간혹 시끄럽게 경적을 울리는 승용차들이 있었지만, 기사는 신경도 쓰지 않았다. 아마도 타고나길 태평한 성격인 것 같았다.

버스는 시내를 돌아 곧 외곽으로 빠질 태세를 했다. 기사는 장갑을 단단히 고쳐 끼웠다. 이제 몇 정거장 뒤면 버스는 복잡한 시내를 벗어나 호쾌하게 외곽을 질주할 예정이었다.

3

14살의 중학생 마오는 최근 학교에서 벌어지는 상황 때문에 마음이 불편했다.

마오는 대학 교수였던 아버지의 명석함을 그대로 물려받았는지 1년 전 시내에 위치한 명문 중학교에 입학했다. 구김 없이 자란 마오는 중학교에 입학한 이후에도 또래 친구들과의 관계가 원만했고, 학교 선생님들에게도 늘 칭찬받으며 별 탈 없이 지냈다. 그렇게 1년이 지나 중학교 2학년이 된 해, 마오와 그 주변에서 조금씩 변화가 나타나기 시작했다.

1년 전까지만 해도 아직 여자아이티를 벗어나지 못하던 마오는 어느 순간부터 소녀티가 나기 시작했다. 그리고 그건 또래 다른 여자아이들도 마찬가지였다. 동급생보다 조금 더 성숙한 외모를 가진 이이들온 벌써부터 화장을 하기 시작했다. 마오는 그 모습에 적잖이 충격을 받았다. 화장은 어른들의 산물이고, 마오에게 있어 어른이란 아주 먼 미래에 마주해야 하는 것이라고 믿었기 때문이다. 이런 식으로 갑자기, 아무런 조짐 없이 슬그머니 다가오는 것이라고는 생각하지 못했다.

어른처럼 화장을 하고 치장한 뒤 어른 흉내를 내며 무엇이라도 된 듯 친구들과 어울려 거리를 돌아다니는 즐거움은 이제 막 14살이 된 마오가 거부하기에 너무 매력적이었다. 불과 1년 전만 해도 꾸밀 줄 전혀 모르던 마오도 이제는 몇몇 친구들을 보며 조금은 화장을 따라 할 줄 알게 되었다. 1년 전 그녀가 동경하던 것이 어려운 문제를 마주하였더라도 피하지 않고 어떻게 해서든 그 문제를 풀어내고 마는 우등생이었다면, 현재는 가장 멋지고 세련된 외형을 갖춰 여학생, 남학생 할 것 없이 모두에게 선망의 대상이 되는 존재였다.

그런데 겨우 흉내 정도를 내려고 해도, 치장이란 결국

돈이 들기 마련이었다. 마오는 자신이 가지고 있는 옷과 액세서리가 친구들의 그것과는 현격하게 차이 난다는 것을 알게 되었다. 이전까지는 조금도 신경 쓰지 않았던 것이 한순간 하루 종일 그녀를 괴롭히기 시작한 것이다. 그녀는 이제 매일 불만족스럽고 매일 자신이 창피했다. 화장품을 친구들에게 빌려 쓰는 것도 이제는 눈치가 보였고, 무엇보다 최소한 친구들과 비슷한 수준의 옷과 액세서리가 간절했다. 수준을 맞추지 못한다면, 자신은 친구들에게서 뒤처질 수밖에 없었고, 그렇게 되면 친구들과 멀어지게 될 것이라는 막연한 두려움이 생겨났다.

그러나 마오의 집은 가난했다. 아버지는 지역의 한 명문대 교수까지 지낸 훌륭한 지성인이었지만, 훌륭한 지성이 곧 좋은 수완을 의미하는 것은 아니었다. 아버지는 마오에게 자랑삼아 자신에게 찾아왔던 숱한 비도덕적인 돈벌이의 기회를 거절한 일화를 들려주곤 했다. 아버지는 그것이 부와 안락함보다 훨씬 더 가치 있는 것이라고 얘기했다. 어머니의 의견도 그와 같았는지는 알 수 없다.

다만 가끔 어머니는 동네 사람들과의 수다에서 청렴한 교육가보다 답답한 건 없다며 볼멘소리를 하곤 했다.

마오가 자란 동네는 가난한 곳이었고 따라서 비교할 대상이 없어 마오는 가난을 특별히 여기지 않았다. 또 가난을 그렇게 불편하게 생각하지도 않았다. 어차피 모두가 비슷한 환경에서 자랐으므로 부끄러운 일도 아니었다. 그러나 이제 중학생 마오에게 가난은 특별한 핸디캡으로 다가왔다. 이 또래의 소녀에게 이것은 그냥 가볍게 웃어넘길 만큼 작은 일이 아니었다.

4

"바로 저 사람처럼 말이야."

할아버지의 손가락 끝이 가리키는 곳을 따라 천천히 시선을 옮긴 손녀는 또 한 번 고개를 갸우뚱했다.

"저 사람이 왜?"

손녀는 참지 못하고 다시 할아버지를 재촉했다. 할아버지는 손녀의 말에 대꾸하지 않고 뉴스 속 화면을 계속해서 응시했다. 그는 동시에 그날의 버스를 떠올리고 있었다.

5

 마오는 아버지, 어머니와 함께 버스 정류장에서 버스를 기다리고 있었다. 마오의 가족이 버스를 기다리는 모습은 사람들의 이목을 집중시키기에 충분했다. 아버지와 어머니는 늦은 나이에 결혼을 해 마오를 낳았다. 마오가 14살이 된 지금 마오의 아버지는 이미 70대였고, 어머니는 50대 중반이었다. 중학생 딸이 있다고는 믿기지 않을 정도로 노쇠한 아버지는 지병인 허리가 점차 악화되어 몸은 마르고 허리는 눈에 보일 만큼 굽어 있었다. 지팡이가 없다면, 그의 마른 다리로는 굽은 허리를 지탱할 수 없을 정도였다. 과거 대학교수로서 지식의 상아탑에서 왕성하게 제자를 양성하던 모습은 흔적조차 찾을 수 없는 완연한 노인의 모습이었다.

 어머니는 아버지를 부축한 채로 버스 노선표의 시간을 반복해서 확인하고 있었다. 어쩔 수 없는 일이었지만,

마오의 아버지가 노쇠하여 더 이상 수업을 진행할 수 없을 정도가 되자 자연스럽게 가족에 대한 부양은 어머니의 몫이 되었다. 아버지보다 상대적으로 젊었던 마오의 어머니는 가리는 것 없이 닥치는 대로 일을 했고, 벌어들인 돈은 쪼갤 수 있는 가장 작은 단위까지 조각내어 푼돈까지 알뜰하게 사용했다. 최근 급격하게 쇠약해진 아버지에게 들어가는 돈이 점점 커지자, 줄일 수 없는 생활비를 제외하면 마오에게 돌아가는 용돈이 줄어들 수밖에 없었다.

 마오는 어쩔 수 없다지만 자신의 환경이 불만족스러웠다. 그녀는 더 이상 여자아이가 아니었다. 으레 그 나이대의 소년 소녀들에게는 그들만의 연대가 있고, 그 연대는 가끔 세상의 그 무엇보다 중요하게 여겨질 때가 있다. 마오는 그 연대에 자신이 소외를 당할까 봐 두려움에 떨고 있는 소녀였다. 그러나 마오는 자신의 이런 불만족스러움을 노골적으로 드러내는 것이 아버지, 어머니에게 상처가 된다는 것을 알고 있을 만큼 똑똑하고 성숙한 면도 있었다.

멀리 마오 가족이 타야 하는 버스가 정류장을 향해 다가오는 것이 보였다. 마오의 어머니는 동작이 느린 아버지를 위해 버스가 시야에 들어오자마자 버스에 승차할 준비를 했다. 어머니는 세 사람의 버스 요금을 계산해 지갑에서 동전을 세어 마오에게 준 뒤 아버지를 부축했다.

정류장에 버스가 정차하자 마오의 아버지와 그를 부축한 어머니가 먼저 버스에 올랐고, 그 뒤를 따라 마오가 버스에 올랐다. 마오는 어머니에게서 받은 세 사람 분의 버스 요금을 안내원에게 건넨 뒤 앞서간 아버지와 어머니를 따라 버스 뒤의 좌석으로 이동했다.

"저기요, 잠깐만요."

안내원의 저음의 목소리가 들렸다. 마오와 그녀의 부모는 자신들을 부르는 안내원의 목소리에 뒤를 돌아보

왔다. 안내원은 자신의 손에 쥐어진 동전 몇 개를 가만히 바라보고 있었다. 안내원의 얼굴이 붉으락푸르락 달아올라 있었다.

6

 최근 안내원은 예민했다. 얼마 전부터 불어온 사회의 자동화 움직임과 그에 동조하는 듯한 회사의 태도 때문이었다. 안내원은 편리해지는 세상이 싫었다. 그녀는 하나둘 늘어가는 추세인 카드 단말기 설치 뉴스를 상기하며 쓴웃음을 지었다.

 그녀의 쓴웃음 속에는 단순히 실직에 대한 씁쓸함만이 담겨 있는 건 아니었다. 안내원은 자신의 직업에 대하여 단순한 돈벌이 수단 이상의 의미를 부여했다. 그녀는 자신의 직업이 정말로 만족스러웠고, 이것보다 자신에게 더 어울리는 일은 없으리라 생각했다.

 시내버스의 긴 노선을 매일 오가는 안내원이라는 직업은 안내원에게 여행가처럼 느껴졌다. 물론 버스는 매일 똑같이 정해진 시간에 지정된 장소를 지날 뿐이므로, 대다수 사람들은 오히려 지겨운 일이지 않냐고 반문할 것이다. 그러나 그녀는 늘 새로운 것들에 노출되었다.

차창 너머로 보는 풍경은 오전과 오후가 달랐고, 밤과 새벽이 또 달랐다. 맑은 날의 풍경이 따뜻하다면, 비가 오거나 흐린 날은 어쩐지 쓸쓸하고 사색에 잠기기 좋았다. 계절에 따른 변화는 또 어떠한가. 그녀는 아직도 눈 쌓인 거리를 달릴 때마다 소녀처럼 두근거렸다.

그녀는 항상 같은 장소, 같은 위치에 있었지만, 그녀가 마주치는 사람들은 매일 조금씩 달랐다. 특히 그녀는 안면이 있는 고정 승객들에게는 친구나 가까운 이웃과 같은 친근감을 느꼈다. 마치 함께 여행을 떠난 동료처럼 생각했다. 그녀는 그들의 복장과 머리 모양, 표정만으로도 그날의 스케줄이나 기분을 단번에 추측해 내기도 했다. 오늘은 가장 아끼는 옷을 입었으니 중요한 약속이 있나 보다, 머리를 아직 다 말리지도 않은 걸 보니 약속에 늦은 건가, 하는 식이었다. 그녀는 시간 가는 줄 모르고 그들의 하루를 그렸다.

그렇다고 그녀가 안내원이란 직업을 특별하게 여기는 이유가 단순히 개인적인 성향이나 취향 때문만은 아니었다. 안내원이 하는 일은 또 얼마나 대단하고, 막중한가. 기사는 그저 운전을 하지만, 안내원은 버스 내부의 질서를 관리했다. 그녀는 요금을 징수했고, 거리에 따라서는 추가 운임을 부과하기도 했다. 또한 버스 내부의 안전도 모두 그의 관할이었다.

노약자에게 자리를 내어주고, 질서를 지켜 승하차를 돕는 일, 누가 넘어지는 일 없이 승객을 돌보고 혹시 있을지 모를 승객 간의 다툼을 제어하는 일, 그 외 어떠한 돌발상황이 발생하였을 때 버스 내부를 수습하는 일 모두 그녀의 책임이었다. 그녀는 자신의 일이 꽤 멋지다고 생각했다. 버스 안에서만큼은 그녀에게 무한에 가까운 책임과 권한이 주어지고, 그녀가 하고자 하는 모든 것이 허락될 것처럼 느껴졌다.

그러나 그녀의 생각과 달리 사회의 인식은 달랐고, 대다수 사람들은 안내원이라는 직업을 하찮게 여겼다. 카드 사용의 대중화로 인하여 점점 사라질 것이 불 보듯 뻔한 직업이라고 말했고, 머지않은 미래에는 유물처럼 존재 여부만이 기록되고, 이후에는 누구도 궁금해하지 않을 그런 직업이라고도 말했다. 안내원은 그들의 말을 부정하려 애썼지만, 그들이 말하는 날은 거대한 물결처럼 막을 도리 없이 가까워지고 있었다.

그녀는 예상보다 훨씬 빨리 대체될 것이다. 그녀도 알고 있었다. 이것은 그녀가 못나서가 아니라 그저 거대한 흐름일 뿐이므로, 그녀가 부끄러워할 이유는 어디에도 없었다. 그러나 그녀를 견딜 수 없이 치욕스럽게 만드는 것은, 자신의 대체제가 대체인력이 아닌 대체품이라는 사실이었다. 생각에 잠긴 그녀는 자신도 모르게 크게 한숨 쉬었다.

"겨울잠 자는 거 아니야?"

안내원의 귓가에 조금 전 짓궂은 소년들의 목소리가 닿았다. 안내원은 이번에도 특별히 반응을 보이지 않았다. 소년들은 안내원을 장난삼아 놀리고 있었지만, 아직 그녀의 세계를 건드리지는 않았다. 소년들의 목적이 안내원을 모욕하거나 화를 내게 만드는 것이라면, 그들은 그 방법을 한참이나 잘못 고른 것이었다. 안내원은 그의 세계 안에서 흔들림이 적고 단단한 사람이었다.

버스가 정류장에 정차했다. 한 무리의 승객들이 토해졌고, 한 가족이 버스에 올라탔다. 안내원은 부모 뒤를 따라 버스에 오른 소녀로부터 요금을 받았다. 안내원은 소녀가 건넨 버스 요금을 확인했다. 안내원은 고개를 좌우로 갸웃한 뒤, 다시 손바닥 위 요금을 세어보았다.

시간이 어느 정도 지난 후에 다시 생각해 보아도 안내원은 정확한 이유를 말할 수 없을 것이다. 평소의 그녀라면 이 정도의 일은 그녀를 흔들지 못했을 것이다. 하지만 이날 그녀는 손바닥 위 동전들을 보며 너무 쉽게 분노했다. 그녀의 세계가 요동치는 소리가 들렸다. 만약에 버스에 단말기가 설치되어 있었다면, 시도할 수조차 없는 일을 태연히 저지른 저 가족에게 화가 치밀어 올랐다. 그녀는 가족을 향해 떨리는 목소리로 말했다.

7

　마오의 어머니가 아버지를 빈 좌석에 앉히는 사이, 마오는 움직이지 않고 안내원의 붉게 상기된 얼굴을 바라보고 있었다. 마오는 터질 듯 달아오른 안내원의 표정에서 이해할 수 없는 적의를 느꼈고, 순간 얼어붙은 듯 움직이지 못했다. 아버지를 좌석에 앉힌 후에야 어머니는 마오에게 다가갔다. 어머니가 마오를 대신해 안내원에게 대답했다.

"무슨 일이죠?"

마오는 어머니 옆에 바짝 붙었다.

"요금을 잘못 주셨어요."
"그럴 리가. 정확하게 계산해서 드렸는걸요."
"아뇨, 요금을 적게 내셨어요. 이러시면 안 되죠."

마오의 어머니는 안내원이 하는 말을 이해할 수 없었다. 시내버스는 셀 수도 없을 만큼 이용했었다. 버스 요금을 잘못 계산했을 리가 없었다.

"다시 한 번 확인해 보세요. 틀림없이 맞는 요금을 지급했을 테니까요."
"몇 번이나 확인했어요. 틀림없어요."

안내원은 마치 모두의 이목을 집중시키려는 듯 목소리를 높였다. 그녀가 의도한 대로 버스 안의 모든 시선이 안내원과 마오, 마오의 어머니에게 쏠렸다.

"어서 제대로 요금을 지불해 주세요. 그렇지 않으면 지금 하차하셔야 해요."

안내원은 강경하게 말했다.

"누구 마음대로 하차를 시킨다는 거에요? 우린 정당하

게 요금을 냈다고요!"

안내원의 딱딱한 태도에 어머니도 지지 않고 목소리를 높였다. 처음엔 주변 승객들에게 방해가 되지 않을 정도의 소리로 안내원의 말을 반박하던 어머니도 막무가내로 요금을 더 내라고 말하는 안내원에게 짜증이 나기 시작했다. 어머니의 언성이 높아지자, 그에 맞춰 안내원의 목소리도 커졌고, 얼마 가지 않아서 둘은 거의 고함에 가까운 소리를 질러대며 말다툼을 하게 되었다.

버스 기사는 룸미러로 둘의 말싸움을 지켜보고 있었다. 요금이 제대로 징수되지 못한다면 버스는 출발할 수 없었다. 기사는 배차 시간이 마음에 걸려 조금 다급해졌다.

8

　마오는 어머니 옆에서 안내원과 어머니의 싸움을 지켜보고 있었다. 마오의 어머니는 체구가 왜소했고, 목소리도 안내원보다 상대적으로 작았다. 안내원은 마오의 어머니가 말을 마치기도 전에 큰 소리로 말을 가로챘고, 때문에 마오의 어머니는 점차 수세에 몰릴 수밖에 없는 형국이었다. 안내원은 그 큰 체구로 위협하듯 마오의 어머니에게 다가가 큰 눈을 부라리며 마오의 어머니를 내리깔아 보았다.

　"제대로 요금을 지급하지 않으면 버스는 출발하지 않을 거예요!"

　마오의 아버지는 처음에는 둘의 싸움을 좌석에 앉아 관망했지만, 억울한 누명임에도 불구하고 안내원이 자신의 직책을 이용해 아내를 윽박지르는 것이 점점 더 심해지자, 더는 가만히 있을 수 없었다. 그는 앉은 자리에서 지팡이를 들어 안내원에게 향한 뒤 호통치듯 소리쳤다.

"더 이상 억지 부리지 말고 우리를 그냥 놔두게!"
"뭐라고요!?"

안내원이 마오 어머니의 어깨 너머로 고개를 빼 들어 마오 아버지에게 시선을 던졌다.

"방금 억지라고 하셨어요?"
"이게 억지가 아니고 무언가? 맞는 요금을 지불했는데도 이렇게 우기는데 이게 억지가 아니면 대체 뭐가 억지란 말이오?"

안내원은 어머니를 지나쳐 아버지를 향해 걸어갔다. 아버지에게 향하는 안내원의 걸음걸이가 위협적이었다. 마오는 아버지를 향해 걸어가는 안내원의 뒷모습에서 알 수 없는 거대한 적의를 느꼈다. 어머니와 있을 때도 체격의 차이 때문에 안내원이 거인처럼 느껴졌는데, 노쇠한 아버지 옆에 서자 안내원은 마치 아버지를 향해 굴러가는 충돌 직전의 거대한 바위처럼 보였다. 마오의 아버지는 자신에게 다가오는 안내원에게 다시금 호통쳤다.

"세상이 어떤 세상인데, 아직도 요금을 가지고 이런 말도 안 되는 실랑이를 한단 말인가. 이제 그만하고 어서 버스를 출발시키게. 다른 승객들에게 더 이상 불편함을 주지 말게나."
"지금 누가 누구를 불편하게 하는 줄 몰라서 말하는 거예요?"
"공연히 요금을 더 받아 몰래 챙기려는 수작인 걸 내가 모를 줄 알고!"

아버지의 말에 승객들이 일제히 안내원에게 시선을 모았다. 안내원은 불쑥 자신에게 제기된 음모에 당황했다.

"나는 얼마 전까지 대학교에서 아이들을 가르쳤던 사람이네. 세상 돌아가는 이치에 대해 내가 모를 것 같아?"

아버지는 고개를 절레절레 흔들며 혀를 찼다. 그의 입에서 나온 대학교수란 말에 승객들은 아버지의 말에 좀 더 무게를 싣는 분위기였다. 몇 명의 승객들은 나지막이 안내원의 흉을 보기도 했다.

"이러니 자네 같은 안내원들이 기계에 자리를 내주게 되는 거야."

마오 아버지의 말을 시작으로 승객들 입에서도 불평이 나오기 시작했다.

"요금을 맞게 낸 것 같은데, 어서 출발합시다. 벌써 몇 분째 이러고 있는 거야?"
"약속 시간에 늦게 생겼다고. 늦으면 안내원 당신이 책임질 거야?"

궁지에 몰린 안내원의 시선이 땅을 향했다. 안내원의 어깨가 부들부들 떨리고 있었다. 그녀의 세계가 그녀의 어깨처럼 통째로 뒤흔들리고 무너지고 있었다.

9

마오의 어머니는 지갑에서 추가로 몇 개의 동전을 더 꺼낸 뒤 안내원의 손에 쥐어 주었다. 마오의 어머니는 폐허가 된 전쟁터에서 승리를 확신하는 세리머니를 준비했다.

"좋아요. 그래봤자 얼마 안 되는 돈이니 내고 말겠어요. 더 이상 승객들에게 불편함을 줄 순 없으니까. 하지만 우리가 억울한 것만은 분명해요. 아마 여기 있는 승객들 모두 제 말에 동의할 거예요. 가자, 마오."

마오의 어머니는 안내원에게 말을 쏘아붙인 뒤 마오의 손을 잡고 아버지가 앉아 있는 좌석 쪽으로 걸어갔다. 마오는 어머니의 뒤에 바짝 붙어 종종걸음으로 어머니의 뒤를 따라 걸었다. 안내원은 마오의 어머니가 쥐어 준 동전 몇 개를 손바닥을 펴 살폈다. 동전을 확인한 안내원이

깃발을 흔들어 기사에게 출발신호를 보냈다. 기사는 룸미러를 통해 안내원의 수신호를 확인한 뒤 버스를 출발시켰다. 마오 가족과 안내원이 벌인 실랑이 덕분에 버스가 많이 지체되었다. 기사는 출발과 동시에 속력을 냈고, 순간적인 가속으로 인해 버스 내부가 크게 요동쳤다. 그리고 요동치는 버스처럼, 안내원의 마음도 알 수 없는 적개심으로 요동쳤다.

안내원은 버스 안에서 자신을 바라보는 수십 개의 눈동자들을 콩알 세듯 하나하나 살폈다. 그들의 눈동자에서 안내원은 참을 수 없는 모욕감을 느꼈다.

10

 이것은 우연일 수도 있고, 어쩌면 의도된 것일지도 몰랐다. 누군가의 소행이 아니고선 도저히 있을 수 없는 확률로 벌어진 일이었다. 한 차례 다툼이 벌어지고 난 버스는 덜컹거리며 속도를 냈고, 마치 거짓말처럼 버스 안은 그 누구의 목소리도 들리지 않는 찰나의 침묵이 찾아왔다. 버스 창 너머 세상은 여전히 시끄럽고, 빠르게 버스를 스쳐 지나갔다. 시내는 여전히 번잡했고, 사람들은 변한 것 없이 바빠 보였다. 다른 것은 오로지 이 버스 내부만이었다. 아주 잠깐, 암묵적 합의처럼 시간이 멈춘 듯 고요한 시간이 있었고, 억누른다고 억눌러 조용히 어머니에게 속삭인 마오의 목소리는 이 잠깐의 침묵을 건너 기어이 안내원의 귀까지 닿고 말았다.

 "무슨 저런 사람이 있어? 정말 말 같지도 않아. 일을 하려면 똑바로 할 것이지."

안내원은 그녀가 원했던 대로 마오 가족에게서 징수하지 못한 버스 요금을 받아 냈다. 그런데 이게 그녀에게는 만족스럽지 않았다. 그녀에게 끝내 모자란 요금을 낸 마오의 어머니는 마지막까지 자신의 억울함을 호소했다. 승객들은 마오 가족 편이었다. 공연히 안내원이 트집을 잡아 마오 가족으로부터 동전을 몇 개 더 얻어낸 것이 맞다고 생각할 것이다. 안내원은 승객들의 생각 저변에 저 나이 든 마오의 아버지가 있다는 것을 알고 있었다. 마오의 아버지가 가지고 있는 대학교수라는 지위가 한순간에 그녀를 바닥으로 내리꽂아 버린 셈이었다. 그녀는 교육 수준이 낮은 버스 안내원이고, 마오 가족은 교양 있는 지성인으로서 그저 마지못해 멍청하고 고집 센 안내원에게 적선을 베푼 모양새가 되었다.

그 모양이니 결국 기계에 자리를 내주고 사라지고 말 운명인 것이다. 안내원은 결국 대체될 것이다. 대체인력이 아닌 대체품으로 대체될 것이고, 그녀는 구시대의 유물쯤으로 여겨질 것이다.

안내원은 마오를 쳐다보았고, 그와 동시에 그녀의 얼굴이 분노와 모멸감으로 일그러졌다. 그녀는 일생에 단 한 번도 느껴보지 못한 뜨거운 감정에 휩싸였다.

안내원이 마오를 향해 성큼성큼 걸어가더니, 마오의 옆에 있던 어머니를 좌석 끝까지 밀어 둘을 떼어놓았다. 그리고 난 뒤 곧장 그녀는 마오의 머리채를 한 손으로 움켜쥐고, 나머지 손으로는 마오의 목을 졸랐다.

순식간에 벌어진 일이었다.

11

 버스가 시내를 겨우 빠져나가 시원하게 도로를 달렸다. 그 와중에 버스 후미가 소란스러워 버스 기사는 룸미러를 통해 버스 내부를 확인했다. 조금 전 안내원과 요금을 두고 실랑이를 벌였던 여자의 비명 소리가 계속해서 들려왔다. 안내원의 등이 보였고, 그녀의 체구에 가려져 제대로 보이지 않았지만, 안내원이 누군가와 다투고 있는 듯했다. 일부 승객들은 놀란 눈치였지만, 자리를 이탈하거나 적극적으로 움직이지는 않았다. 대수롭지 않은 일로 보였다. 그리고 한 차례 요금 실랑이가 있었던 탓에 배차 시간을 맞추는 것이 빠듯하기도 했다. 꽉 막힌 오후의 시내를 이제 막 통과해 속도를 내려면 지금밖에 없었다.

 기사는 브레이크 대신 액셀러레이터를 꾹 밟았다.

12

"이게 무슨 짓이야!"

마오의 어머니는 소리치며 안내원에게 다시 뛰어들었다. 그러자 안내원은 마오의 머리카락을 움켜쥐고 있던 손으로 마오 어머니의 머리채를 잡아채듯 쥐더니 그대로 다시 바닥으로 내리꽂았다. 마오 어머니는 무력하게 버스 바닥으로 내동댕이쳐졌고, 뒤이어 안내원은 발로 마오의 어머니를 걷어찼다. 마오의 어머니는 안내원에게 별 힘도 쓰지 못한 채 완벽하게 제압당했고, 바닥에 쓰러진 채 차마 안내원에게 달려들 생각은 하지 못하고 그 자리에서 소리만 빽빽 지를 수밖에 없었다.

"도와주세요! 제 딸을 살려주세요!"

마오의 어머니는 필사적으로 도움을 요청했지만, 그녀

의 울부짖음에 응답하는 승객들은 아무도 없었다. 압도적인 폭력 앞에 지성이란 무소용했다. 조금 전까지 마오 아버지의 말에 힘을 실어주던 승객들은 눈앞에 벌어진 광경에 그 누구도 참견하지 않고, 그 누구의 편도 들지 않았다. 마오의 아버지는 놀라 소리치며 안내원에게 달려들 기세로 일어섰지만, 자신을 노려보는 안내원의 눈을 바라본 순간 도로 다리에 힘이 풀려 그대로 다시 좌석에 주저앉을 수밖에 없었다. 무기력하게 무너진 아버지 옆으로 어머니가 양손과 무릎으로 기어 다가갔다. 두 사람은 함께 안내원을 향해 소리쳤다.

"무슨 짓이야! 우리 딸을 놓아줘!"

안내원은 마오의 목을 조르고 있는 손아귀에 더욱 힘을 주었다. 그 손아귀에서 벗어나기 위해 마오는 발버둥 쳤지만, 그럴수록 마오의 목은 안내원의 손아귀에 더욱 깊게 조임을 당할 뿐이었다.

호흡하지 못하는 마오의 정신이 아득해졌고, 눈앞의 풍경이 흐려졌다.

13

"재미없어!"

손녀는 할아버지를 붙잡고 있던 손을 뿌리치고 다른 놀이 상대를 찾으러 발을 쿵쿵 구르며 거실을 빠져나갔다. 홀로 남아 뉴스를 지켜보던 할아버지는 버스 기사와 몇몇 승객들의 인터뷰를 말없이 지켜보았다. 뉴스 끝에 어느 사회학 교수의 인터뷰가 나왔다. 교수는 도저히 이해할 수 없다는 표정으로 사건에 대해 논평하며 마지막으로 한마디를 덧붙였다.

"버스에 타고 있던 승객들이 살인 현장을, 그것도 부모가 지켜보는 가운데 겨우 중학생밖에 되지 않은 소녀의 죽음을 그저 지켜만 보고 있었다는 것은 정말로 끔찍한 일입니다. 아무리 남의 일에 신경을 쓰지 않는 것이 우리 사회의 전통이고, 또 사회의 성의감이 점차 부새해

감은 늘 우리 사회가 가지고 있는 심각한 문제였지만, 이번 사건은 저로서는 도저히 이해할 수가 없는 것이 사실이군요."

마지막 교수의 인터뷰까지 시청한 할아버지는 리모컨으로 TV를 꺼버렸다. 그러곤 혼잣말을 중얼거렸다.

"난 분명히 봤어."

14

　안내원은 마오의 목을 조르며 마오의 몸을 버스 창가로 있는 힘껏 밀었다. 열린 창문으로 마오의 몸이 종이처럼 구겨져 창밖으로 내던져지기 직전이었다. 마오는 눈동자가 완전히 풀려 초점을 잃었고, 얼굴은 하얗게 질려갔다. 빨간 입술은 순식간에 파랗게 변해버렸고, 팔다리는 더 이상의 저항을 포기하고 아래로 축 늘어져 있었다.

　마오의 아버지가 안내원에게 달려들어 그녀의 등 뒤에 매달렸다. 마오의 어머니는 마오의 목을 조르고 있는 안내원의 손을 사정없이 내리치며 어떻게든 마오에게 가하는 안내원의 폭력을 멈추려 했다. 그러나 이 둘의 저항은 안내원에게 조금도 위협적이지 않았고, 오히려 마오의 죽음을 부추길 뿐이었다.

　안내원은 마오를 조르고 있는 손에 더욱 힘을 주었고,

동시에 온몸의 무게를 싣고 마오를 창밖으로 밀어 던져 버렸다. 마오의 몸이 뒤틀리며 창밖으로 그녀의 상체가 완전히 빠져나갔고, 그 반동으로 마오의 하체가 위로 한 번 퉁겨져 올라온 뒤 마오는 버스 바깥으로 떨어졌다.

쨍그랑—

마오가 버스에서 떨어지기 직전 치마 주머니에서 몇 개의 동전이 바닥에 떨어져 팽이처럼 돌았다. 안내원이 처음 마오 어머니에게 모자란다고 말했던 딱 그만큼의 액수였다.

15

　안내원을 비웃던 소년들은 입을 틀어막고 멍하니 그녀를 지켜보았다. 안내원의 무자비함에 다른 승객들 또한 모두 침묵하고 지켜볼 수밖에 없었다. 승객 중 그 누구도 나서서 안내원을 말릴 생각을 하지 못했다.

　마오의 아버지, 어머니는 비명을 지르며 통곡했다. 딸이 창밖으로 던져지고 나서도 버스는 한참을 더 달리고 있었다. 방금 딸을 잃은 부모는 소리쳤다.

　"누구든 우리를 도와주세요! 제발 누가 이 버스 좀 멈춰주세요!"

　그러나 여전히 버스는 멈추지 않았다. 그들의 목소리는 이미 쉬었고, 울음이 넘쳐 발음도 정확하지 않아 버스 기사의 귀까지 그들의 말이 닿지 않았기 때문이다. 버스 기사는 쉼 없이 달린 끝에 이제 곧 지연된 버스 배차 시간을 맞출 수 있겠다고 생각하고 있었다.

삐-

그 순간, 버스 승객 중 누군가 하차 벨을 눌렀다. 그러자 버스가 멈춰 섰다.

16

안내원은 구속된 이후에도 말을 아꼈다. 안내원이 살해의 동기로 이야기한 것은 모욕감에 의한 충동이었다. 경찰과 검사, 심지어 판사조차도 그녀의 살해 동기에 대해 도저히 납득할 수 없다는 반응을 보였다. 변호사는 심지어 그녀에게 차라리 그럴듯한 다른 사유를 지어내는 편이 유리할지도 모른다는 의사를 넌지시 말할 정도였다.

그러나 안내원은 끝까지 자신의 살해 동기에 대해 마오가 자신에게 준 모욕감 때문이라고 말했다. 그리고 그날따라 조금 더 예민해져 있었을 뿐이라고 덧붙이면서 말이다.

뉴스를 접한 사람들은 안내원의 무자비함을 욕하며, 일종의 음모론 같은 것도 만들어 냈다. 그만큼 안내원의 살해 동기가 충분치 않았기 때문이다. 게다가 어째서 눈앞에서 펼쳐진 살해 현장에서 아무도 나서서 말리지 않았는지에 대한 설명도 부족했다.

17

"정말이야. 난 똑똑히 봤단 말이지."

할아버지는 다시금 단호하게 자신의 말을 곱씹었다.

"그 중학생 여자아이가 동전을 다 안 낸 걸 말이야."

그는 그날의 기억을 되짚고 있었다. 안내원이 마오에게 달려들기 직전의 일들이었다.

그는 안내원과 마오 어머니의 말다툼을 지켜봤고, 승객들이 안내원에게 소리치는 것을 들었다. 마오 어머니가 적선하듯 안내원에게 동전을 더 쥐여 주던 장면과 그것을 받고 굴욕적으로 출발 신호를 보내던 안내원의 얼굴, 그리고 그다음 마치 한순간의 조화처럼 빚어졌던 침묵의 시간과 그 침묵을 뚫고 마오에게서 안내원까지 닿았던 속삭임을 떠올렸다. 마오의 속삭임은 안내원뿐 아니라 그에게까지 닿았다.

무심코 마오를 쳐다본 그에게 마오의 얼굴은 평생 잊을 수 없는 장면이었다. 마오는 어머니의 등 뒤로 몸을 숨긴 채 얼굴만을 빼죽이 내밀고 안내원을 향해 천진난만한 미소를 보내고 있었다. 마치 친구들에게 새로 산 액세서리를 자랑하는 상상이라도 하는 듯.

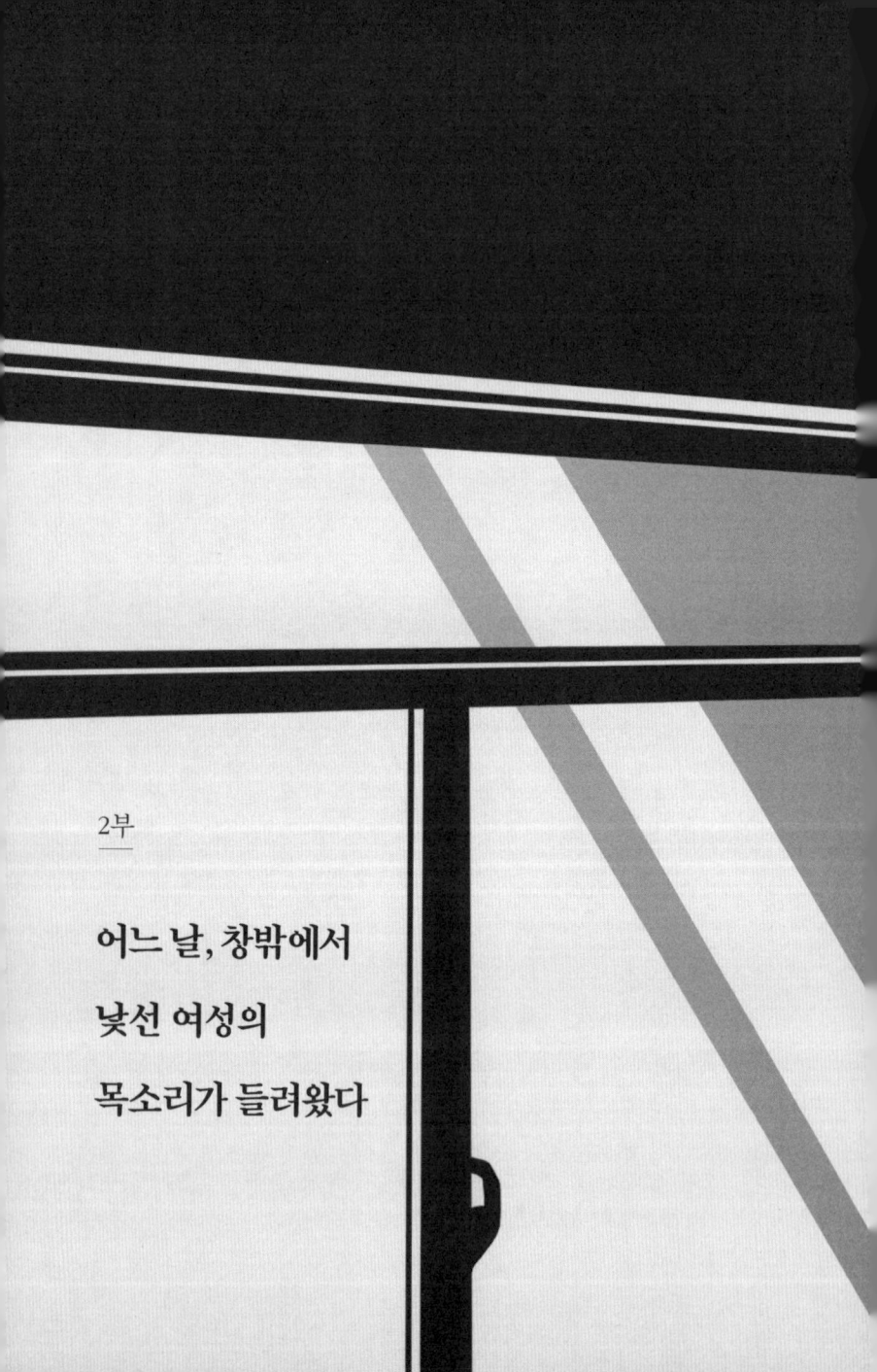

2부

어느 날, 창밖에서
낯선 여성의
목소리가 들려왔다

고요함만 가득한 밤거리.
텅 빈 거리는 서늘함마저 느껴지는 듯하다.

달빛마저 조용한 도심의 밤거리에
젊은 여성의 비명 소리가 울려 퍼졌고,
이 날카로운 단말마의 외침은
고요한 도시의 정적을 깨우기에 충분했다.

여성의 비명 뒤로 서늘한 밤의 풍경과도 닮아 있는 듯한
검은 괴한의 그림자가 어둠 속으로 몸을 숨기는 걸
누구도 알아채지 못했다.

1

 밤거리가 서늘했다. 도심의 주택가 밤거리가 늘 그렇다고 하지만, 어쩐지 오늘은 더욱 특별하게 느껴지는 음산함이었다. 농도를 달리한 회색 아파트들 사이로 드리워진 그림자가 기이한 모양으로 아파트 아스팔트 벽면에 음영을 만들었고, 교체 시기를 놓친 가로등이 힘 없이 점멸했다.

 거리는 텅 비어 있었고, 고요함이 가득했다. 주인 없는 거리를 점령한 길고양이들은 마음 놓고 쓰레기 더미를 물어뜯었다. 간헐적으로 도둑고양이들은 그들 특유의 끝이 갈라지는 날카로운 울음소리를 내었고, 그것은 한층 달밤의 적막함을 고조시켰다. 이곳의 고요함은, 스치는 바람 소리에 바스락거리는 쓰레기봉투 소리, 방음창에 의해 정제되어 나지막하게 들려오는 어느 가정의 오디오 음색도, 바람에 길바닥이 쓸리고 아파트 창문이 덜컹거리는 소리마저 어김없이 적막의 일부분이 되는, 그런 고요함이었다.

아마도, 저 달 때문이리라.

영원히 지속될 것만 같았던 고요함은 아주 작은 균열로부터 서서히 깨졌다. 몇 블록 너머 멀리서부터 사이렌이 울리고, 자동차 바퀴 굴러가는 투박한 소리가 다가왔다. 곧이어 몇 개의 헤드라이트 불빛이 거리를 쏘아보듯 훑고 지나갔다. 그 뒤를 바짝 쫓아 경찰차 몇 대가 모습을 드러냈다. 순식간에 거리를 점령한 순찰차에 길고양이들은 패잔병처럼 후퇴해 본래의 골목 깊숙한 곳으로 자취를 감췄다.

경찰관 예닐곱이 순찰차에서 내리더니 길 한복판에 쓰러져있는 젊은 여성에게 다가갔다. 예리한 흉기에 찔린 상처가 세 군데쯤 선명했다. 거리 곳곳엔 그녀의 것으로 추정되는 혈흔이 흩뿌려져 있었다. 경찰관들은 미간을 찌푸리며, 현장을 두리번거렸다.

경찰차보다 조금 늦게 곧이어 구급차가 쓰러진 여성 옆에 섰다. 아무렇게나 주차한 구급차 안에서 대원들이 토해지듯 쏟아졌다. 의사가 분주한 그들 사이를 비집고 들어가 여성에게 다가갔다. 구급대원들은 엄숙하게 의사의 언질을 기다렸다. 그러나 의사는 그들에게 결코 반갑지 못한 말을 준비해야만 했다. 그는 긴 한숨과 짧은 침묵으로 미리 자신의 소견을 드러냈다.

"이미 숨을 거두었습니다."

의사는 나직한 목소리로 선고 내리듯 말했고, 동시에 성호를 그었다. 그의 목소리가 경건했다. 구급대원들은 서둘러 숨진 여성을 구급차에 태우고, 진이 빠진 듯 굼뜬 동작으로 차에 몸을 실었다. 의사도 차에 올라, 숨진 여성의 옆자리에 바짝 앉았다. 그러나 그가 할 수 있는 것은 아무것도 없었다. 그저 이미 숨진 여성의 몸 위로 순백의 하얀 천을 덮어줄 뿐이었다. 하얀 천에 아직 응고되지 않은 핏물이 배어들었다. 여성의 얼굴 위로 천이 덮이는 장면을 바라보던 구급대원들은 이내 고개를 돌려 어둑한 거리를 응시했다. 사이렌 소리에 눈을 뜬 주민들에 의해 하나둘 창문에 불이 들어왔다. 구급대원들의 눈에 비치는 아파트 불빛은 마치 이제 막 잠에서 깨어 눈을 뜬 수많은 눈동자처럼 보였다.

아파트 베란다 창문을 통해 이 모든 광경을 내려다보는 버지니아 부인은 무표정했다. 그녀는 구급차가 멀리 사라질 때까지 거리에서 눈을 떼지 못하였다.

2

　버지니아 부인은 침대에 누워 천장을 바라보고 있었다. 오늘의 할 일을 모두 끝낸 후였다. 가사를 마친 후 잠시 즐기는 달콤한 휴식이 그녀를 권태롭게 했다.

　그녀는 성실한 주부였다. 누군가를 부러워할 이유가 없는 일상이었다. 오늘도 평온했고 무난했다. 하지만 가끔 버지니아 부인은 모든 일을 마치고 가만히 침대에 누워 하루를 곱씹어 보면 자신을 삼켜버릴 듯한 허무함이 찾아오곤 했다. 그리고 그럴 때면 어쩔 줄 모르고 한없이 무력해지곤 했다.

　그녀는 자신이 때때로 느끼는 이 감정이 어떤 것인지 정확히 정의 내리기 어려웠다. 그녀는 더 이상 업무에 치이지 않았고, 시간에 쫓기지 않았다. 그녀는 종종 스트레스 때문에 스스로가 느끼기에도 과도하다고 여겨질 만큼 예민해지거나 불안감을 느끼기도 했다. 버지니아 부인은 그런 모든 것들로부터 완전히 해방되었고, 이제 안온했다. 그러나 그녀 자신도 이해하기 어려울 정도로, 안온함이 그녀에게 당연해질수록 그녀는 점점 더 무기력해졌다.

오늘뿐 아니라 그녀에게 근원을 알 수 없는 무력감이 찾아오는 이런 날이면, 그녀는 종종 천장의 형광등을 바라보며 멍하니 시간을 보내곤 했다. 좁은 간격으로 겹쳐 있는 두 개의 형광등을 바라보고 있노라면, 버지니아 부인은 이상하게도 마음이 안정되는 것이 느껴졌다.

그것은 오롯이 그녀 혼자만의 감각이었다. 눈이 부셔 이내 눈을 찡그리지만, 눈부심에 익숙해지면 그녀는 한없이 그것에 몰두해 버리고 마는 것이었다. 두 형광등의 사이, 빛과 빛이 만나고 부서지고 점철되는 순간을 바라보며, 그녀는 자신의 의지인지 아니면 어떤 이끌림인지 알 수 없는 몽롱함에 빠져들곤 했다.

버지니아 부인은 그 몽롱함 속에서 전혀 새로운 세계와 감각의 전이를 느꼈다. 단순화된, 오로지 빛과 그림자로만 이루어진 이 이분법적 세계는 의식하지 못하는 사이 빛과 그림자처럼 삶과 죽음이 끝없이 반복되는 경이의 공간이 된다. 빛이 선명한 의식이라면, 그늘진 그림자는 흐릿한 무의식의 세계였다. 그녀는 의식과 무의식 사이 찰나의 경계선에 두 발을 디디고 서 있었다.

이때쯤이면, 그녀의 시각적 감각은 잠시 퇴화한다. 오로지 사고만이 선명할 뿐이며, 머릿속엔 어떤 지엄하고도 엄격한 하나의 규칙만이 남는다. 그것은 흔들림 없이 앞으로만 향하려는 직진성과 일정하게 흩어지는 빛의 파동이었다. 빛은 모든 어두운 것을 삼켜 자신의 색깔을 입혀 토해냈다. 빛의 손길이 닿는 것은 모두 부드럽게 사포질하여 나온 듯 부드럽게 윤기가 났다. 대상의 제한도 없이 빛은 존재하는 모든 것에 자신의 뜻을 관철시키는 것만 같았다. 우리 모두가 저 빛으로부터 한순간이라도 배제되어 있었던 순간이 있었던가.

그녀는 문득 이 안에서 무수히 반복됐던 일상성을 감지했다. 빛의 규칙처럼 버지니아 부인은, 또 우리는 얼마나 많은 보이지 않는 규율 속에 살아왔던가. 빛이 압도적인 힘으로 모든 것을 삼켜낸 뒤 제 색을 입혀 토해내는 것처럼, 우리의 인생도 그렇게 삼켜지고 도로 토해지던 것이었다. 어떤 예외도 없는 듯했다. 그녀 또한 마찬가지였고, 그녀는 긴 시간 순응에 익숙했다.

갑자기 두통이 찾아왔다. 그리고 마치 고장 난 시계처럼 시간이 거꾸로 흐르는 듯한 느낌이 들었다. 거슬러 올라가는 시간 속 흐릿한 과거의 잔상 안에서 그녀는 항상 같은 일상과 가사를 반복하는 자신을 발견했다. 형광등 불빛 아래 그림자 하나 없이 온몸으로 빛을 맞고 있는 자신이었다.

그녀의 권태로움과 무기력함을 이 하나의 장면만으로 모두 설명할 수는 없을 것이다. 하지만 버지니아 부인은 자신을 둘러싸고 있는 모든 일상이 갑자기 따분해 견딜 수 없을 것처럼 느껴졌다. 할 수만 있다면 그녀는 과거의 자신을 향해 소리치고 싶었다. 그녀는 필사적으로 저 일상을 벗어나야만 할 것 같았다.

어째서 설거지를 하며 저렇게 조심스러운 것일까. 그녀의 작은 세상이 접시처럼 깨지기라도 할 것처럼, 그녀는 조심스러웠다. 그러나 접시 몇 장을 설령 깨뜨린다고 하더라도 아무런 일도 벌어지지 않는다. 아래층에서 무슨 일이 있냐고 뛰어 올라올 일도 없었다. 그녀 자신도 잘 알고 있었다. 하지만 형광등 불빛 아래 그녀는 고요하고 침착하게 설거지를 마무리한다.

도저히 저항할 수 없는 어떤 힘이란 것이 있다. 그리고 그것이 버지니아 부인을 곁눈질하지 않고 오직 한 방향으로만 움직이도록 등 떠밀고 있었다. 그녀는 저항할 방법도, 그럴만한 힘도 없어 그저 앞으로 밀려 나아가고 있었다.

강한 이끌림에 손목이 낚아 채인 듯 세상의 규칙에 그렇게 휩쓸려 떠밀려 가는가 싶던 찰나, 그녀는 형광등 사이에 미세하게 내려앉은 먼지 몇 톨과 그로 인하여 만들어진 기이한 형태의 그림자를 발견한다. 그림자는 빛의 지엄함을 조롱하기라도 하듯, 작지만 깊고 진하게 자리 잡고 있었다. 그림자는 강력한 규칙에 반하는 반칙적인 요소였고, 돌발적인 그 무엇이었다. 그녀는 형용하기 힘든 희열을 그것으로부터 얻는다.

쨍그랑! 갑자기 그녀의 귓가에 접시가 떨어져 깨지는 소리가 들리는 듯했다.

세상에 반하는 기쁨, 인간이 본래 내재적으로 지닌 어두운 욕구가 그녀를 미소 짓게 했다. 버지니아 부인은 눈을 찌르는 듯한 빛을 온몸으로 받아내며 발가벗겨진 느낌으로 기분 좋은 두통을 느꼈다. 이 순간, 두통은 그녀에게 가해지는 탈 육체적인 고행이었고, 더 깊은 내면으로 가기 위한 채찍과도 같았다. 이제 그녀는 이 세상의 규칙에서 벗어나 자신의 가장 깊숙한 안쪽, 이를테면 인간의 의식만으로는 닿을 수 없는 새로운 세계로 막 발걸음을 떼려는 순간이었다.

그러다 그녀는 주전자 물 끓는 소리에 눈이 번쩍 뜨이는 것이었다. 이제 그녀는 자신의 시각적 감각을 자각하고, 자신을 둘러싼 모든 것이 보이기 시작했다. 모든 것은 확실해진다. 자신은 그저 노곤해 잠시 눈을 붙였을 뿐이라는 것과 자신이 느낀 감각은 꿈에 빠지기 직전의 몽롱한 선꿈 같은 것이라는 사실, 그리고 이제 주전자의 물이 끓어 넘쳐흐르기 전에 얼른 가스레인지의 불을 꺼야 한다는 사실도.

버지니아 부인은 황급히 부엌으로 걸어가 가스레인지의 불을 껐다. 그리고 오래된 습관처럼 커피를 내렸다. 꼬리를 문 은은한 커피 향이 방안에 퍼질 때쯤, 그녀는 소파에 몸을 편안히 기댄 뒤 베란다 창문 너머의 아득히 먼 달을 바라보았다. 구름에 반쯤 가려 을씨년스러운 분위기를 풍기는, 더없이 노랗고 둥근 달이었다. 그녀는 달의 얼룩진 부분을 바라보았다. 아까 자신이 보았던 형광등 사이 얼룩 한 점과 어쩐지 그 모양이 닮아 있다고 생각하며 커피를 한 모금 마셨다.

창밖으로 젊은 여성의 처절한 비명소리가 들린 것은 바로 그 무렵이었다.

3

젊은 여성이 밤늦게 업무를 마치고 직장에서 귀가하고 있었다. 예정에 없던 잔업이었고, 늦은 시간까지 업무에 매달린 탓에 이 여성은 평소 이맘때쯤보다 더 지쳐있었다.

주택가로 들어선 여성이 발걸음을 재촉했다. 늦은 밤이라 인적이 드문 밤거리를 빠른 걸음으로 걷는 탓에, 구두와 아스팔트가 부딪치는 소리가 우악스러웠다. 그녀는 자신의 발자국 소리에 흠칫 놀라며, 먼 곳의 가로등을 표지 삼아 걸었다.

규칙적으로 반복되는 발자국 소리와 나선형으로 연결된 같은 간격, 같은 높이, 같은 색감의 가로등 불빛이 묘한 조화를 이루었다. 여성은 발걸음의 속도를 더 빠르게 할 생각도, 그렇다고 조금 늦출 생각도 하지 못한다. 정확하게 알 수는 없으나, 어렴풋이 자신으로 하여금 만들어진 이 시청각적인 규칙성에 거슬려서는 안 된다고 생각했다. 그 어떤 예외나 돌발적인 무언가가 개입될 여지는 없는 듯했다.

일정한 발자국 소리와 근육의 반복적인 이완과 수축, 그리고 가로등의 끝없는 나열 속에서 이 젊은 여성은 최면에 걸린 듯 눈꺼풀이 무거워짐을 느꼈다. 여성은 피로감이라고 생각한다. 일정한 시간의 흐름과 달리 여성의 몸은 걷잡을 수 없이 빠른 속도로 나른해져 갔다. 얼마 지나지 않아서 그녀는 한 걸음 내디디는 것조차 버거울 정도로 몸이 무겁게 느껴졌다.

여성은 자신이 항상 오가던 거리에서 느끼는 전혀 새로운 감각에 놀랐다. 그녀가 야근을 처음 한 것도 아니었는데, 이런 느낌을 받은 것은 처음이었다. 그녀는 누군가 그녀의 두 어깨를 거대한 손가락 두 개로 찍어 내리는 듯한 기분이 들었다. 당장이라도 그녀를 이 길바닥에 꿇어

앉히려는 것만 같았다. 집까지는 이제 고작 몇 블록밖에 남지 않았음에도 그녀는 막연한 불안감에 사로잡혔다. 자기 집까지 아무런 일도 없이 무사히 도착할 수 있을까, 그녀는 확신하지 못했다. 이상한 두려움이었다.

여성은 이 시대의 평균처럼, 특별하지도 모자라지도 않은 삶을 거쳐 지금 이 거리 위에 있었다. 그녀는 자신이 지금껏 걸어왔던 길이 정말 온전히 자신의 의지와 결심에 기반했던 것인지 의심스러웠다. 과거의 내가 걸었던 길이 지금 이 쭉 뻗은 길과 같았다면, 이것은 나의 의지만으로 걸었다고 할 수 있을까. 그녀는 혼란스러웠고 갑자기 알 수 없는 이질감에 온몸이 부르르 떨렸다.

그녀는 태어나 지금까지 자신이 인지하지 못하는 사이 당연하게 받아들이는 엄격한 통제와 규율 속에서 살아왔다. 그리고 그것은 세상을 움직이는 톱니바퀴의 일부로서 그녀를 존재하게 해주었다. 그러나 그것만으로는 부족한 것이었나. 그녀는 자신의 생을 둘러싸고 있던 결핍을 깨달았다.

그 순간, 이 젊은 여성은 어떤 필사적인 의지에 사로잡혀 걸음을 멈춘다. 정신을 차려보니 어느새 집 앞이었고, 그녀는 자신의 이해할 수 없는 감각에 숨을 몰아쉰다. 빠른 걸음이 아니었지만 숨이 가쁘다. 그러나 그녀를 더 괴롭히는 것은, 자신이 막 일탈을 마음먹었을 무렵 그것이 불가능해졌다는 사실이었다.

오늘, 그녀는 늘 걷던 거리가 아닌 샛길로 향할 수 있었다. 잠시 벤치에 앉아 찬 공기를 들이마실 수도 있었다. 아니면 느닷없이 호텔에 가 하루 정도 호사를 누려도 괜찮았을 것이었다. 그러나 지금 그녀는 집 앞이다. 이제 열쇠를 꺼내 문을 열고 들어가는 일만 남은 것이다.

젊은 여성은 작은 핸드백을 뒤적거린다. 열쇠가 좀처럼 잡히지 않는다. 달그락거리는 소리가 거리 위에 찌꺼기처럼 쏟아진다. 곧 열쇠 꾸러미를 발견한 그녀가 현관

키를 고른다. 이제 모든 것이 제자리로 돌아간 것만 같다. 그러나 그 순간 다급한 발자국 소리가 그녀의 뒷덜미로 접근했고, 고개를 돌린 눈동자엔 한 남자의 모습이 비친다. 남자의 손에 들려진 칼이 그녀의 옆구리를 향해 돌진한다. 그녀는 미친 듯이 비명을 지른다.

남자의 칼은 돌발적이었다.

4

"글쎄요, 잘 모르겠어요. 내가 왜 그랬는지……."

버지니아 부인은 자신을 취조하는 형사의 물음에, 고개를 치켜세우고 낮은 목소리로 대답했다. 그녀의 두 눈은 취조실 바닥을 향해 있었다. 눈동자는 흐릿했지만, 시선은 정확했다. 그녀는 무언가에 이끌렸던 것처럼, 정말 자신도 그 이유를 알지 못하는 사람처럼 말하고 행동했다.

"다시 한번 묻겠습니다. 이것은 보통 문제가 아닙니다. 신중히 생각하고 대답해 주셔야 합니다. 알겠습니까? 대답의 여하에 따라 부인에게도 상당 부분 책임을 지울 수 있다는 사실을 명심하십시오. 이해하시겠습니까?"

형사는 졸음에 두 눈을 비비면서도 단호함을 잃지 않는 어조로 말했다. 그러나 형사 앞에 앉은 버지니아 부인은 연신 고개를 끄덕거릴 뿐 미동도 하지 않았다. 형사는 그런 그녀의 태도가 마음에 들지 않는지, 미간을 찌푸리고 입을 삐죽거렸다. 이런 대도시에서 이 정도 살인사건은 신문 한구석에 조그맣게 실릴 토막 기사조차 되지 못한다 하더라도, 좀 더 이 여자에게 문제의 심각성을 인식시킬 필요가 있다고 생각했다. 형사는 조금 강압적인 분위기를 조성하기 위해 목소리 톤을 한층 낮게 했다. 그리고 과장된 몸짓으로 어깨를 돌리고 고개를 좌우로 흔들었다.

"아직 문제의 심각성을 잘 모르시는 모양입니다. 부인께선 살인을 목격하셨고, 신고자이기도 합니다. 피해자는 구급차가 도착했을 때 이미 숨을 완전히 거둔 상태였고 말입니다. 어떤 증언을 해주시지 않는다면, 이 사건은 영영 오리무중일 수밖에 없단 말입니다."

뭉친 어깨를 펴는 듯한 제스처를 끝낸 형사는 이번엔 손으로 까지를 끼고 상체를 앞으로 조금 내밀며 호전직인 자세를 취했다. 의자를 끌어당겨 버지니아 부인 앞으로 바짝 들이댄 형사는 그녀의 눈동자를 잡아먹을 듯 쏘아보았다. 형사는 버지니아 부인의 흐릿한 눈동자가 마치 진한 안개 숲같이 느껴졌다. 저 너머에 분명히 대단한 무언가가 있다는 심증이 있었지만, 그것이 무엇인지는 도무지 감이 잡히질 않았다. 그 때문에 형사는 그녀의 눈동자를 하염없이 바라보며 아주 잠깐 걷힐 안개를 기다리는 것이었다.

하지만 형사의 바람과는 달리 눈앞의 여자는 조금도 동요하지 않았고, 눈동자 속 안개는 더욱 짙고 풍부해져만 갔다. 그렇게, 어떤 의미에서 대치 상태가 계속되었다. 이후에도 형사는 수차례 비슷한 내용의 으름장을 놓았으나, 버지니아 부인은 모호할 뿐이었다. 형사는 짜증이 가득한 표정으로 뒷머리를 발작적으로 긁어댔다. 얼마 후, 형사는 두 손 두 발 다 들고 질렸다는 표정을 지으며 버지니아 부인을 집으로 보내야만 했다.

경찰서를 빠져나온 버지니아 부인은 아무도 없는 새벽 길을 걸으며, 어스름 진 새벽하늘의 얼룩덜룩한 구름을 하염없이 바라보았다. 구름이 만들어 내는 새벽하늘의 그림자는 검푸른 바탕의 하늘보다 더욱 어두웠다.

5

 버지니아 부인은 길거리에 울려 퍼진 젊은 여성의 참혹한 비명에 깜짝 놀라 커피잔을 떨어뜨리고 말았다. 뜨거운 커피가 파자마 바지를 적셨고, 그녀는 뜨거움에 몸서리치며 바지에 묻은 커피를 손으로 대충 훔쳤다. 진한 갈색으로 물든 흰색 파자마가 묘한 색상의 대비를 이루었다.

 '뭐지, 이 소리는?'

 그녀는 파자마에 밴 뜨거운 기운이 채 가시기도 전에 퍼뜩 호기심부터 났다. 오염된 옷을 갈아입는 것조차 잊어버리고 버지니아 부인은 베란다 쪽으로 몸을 일으켰다. 방금 그 비명은 나른하던 그녀의 두 팔과 다리에 완전히 새로운 동력을 불어넣었다. 이 깊은 밤중에 아파트 전체를 뒤흔들 만한 비명이라니. 이건 분명 그녀가 늘 마주하던 일상과 완전하게 대척점에 있는 그 무언가일 것 같았다.

 버지니아 부인은 서둘러 걸음을 옮기다 불현듯 무엇이 떠오른 사람처럼, 갑자기 그 자리에 우두커니 멈춰 섰다. 지금의 이 비명에 자신이 무엇을 생각한 것인지, 그녀는 순간 자기 모습에 소름이 끼쳤다.

 두 팔을 교차해 양어깨를 부여잡은 버지니아 부인은 그 자리에 못 박힌 것처럼 움직이지 않았다. 이것은 예외 없는 인간의 순차적인 행동이었다. 예기치 못한 돌발 상황이란, 처음엔 놀라움을 가져다주고 그다음엔 호기심, 마지막에 들어서면 두려움을 동반하는 것이었다. 알 수 없는 미지의 영역은 항상 두려움에 대상일 수밖에 없었고, 버지니아 부인 역시 예외일 수는 없었다. 우두커니 멈춰 선 그녀의 뇌리에 스친 것은 셀 수도 없을 만큼 다양한 가능성에 관한 생각들이었다.

어떤 연인이 밤늦게까지 데이트를 즐기다 이제 귀가를 서두르고 있다. 여기서 전제해야 하는 부분은 그 연인은 이제 막 시작하는 풋풋한 연인 관계라는 사실이다. 극장에 가 영화를 보고, 식사를 하고, 분위기 좋은 바에서 칵테일 몇 잔으로 시작한 것이 제 몸도 가누기 힘들 정도의 과음을 하였다. 여성 쪽은 걸음을 재촉하지만, 남성 쪽은 좀 더 함께 있고 싶다. 좀 더 깊은 관계를 맺고 싶다. 취기의 힘을 빌려 남성은 용기를 내어 본다. 서툰 솜씨로 여성에게 서서히 다가가자, 여성은 남성을 밀쳐내며 소리 지른다. 이것은 충분히 있을 수 있는 이야기다.

또 다른 경우도 생각해 볼 수 있었다. 술에 곤드레만드레 취한 젊은 여성의 이유 없는 비명이라고 해도 큰 무리는 없다. 굳이 술의 힘을 빌리지 않는다 하더라도 가능성은 얼마든지 있었다. 직장 상사의 지나친 잔소리 덕에 스트레스가 극에 달한 직장 여성의 히스테리성 고함일 수도 있다. 아니면 길을 걷다 우연히 시궁쥐가 지나가는 것을 본 여성의 진저리일 수도 있고.

그 가운데 어떤 것도 진실인지 아닌지 판가름할 수 없지만, 그녀는 왜 이런 상황에서 반드시 한 여성이 위험에 직면한 상황을 떠올린 것인지 자문해 보았다. 버지니아 부인은 이런 상황에 꼭 최악의 경우만을 떠올리는 것이 그다지 이롭지 못하다고 생각했다. 이것은 어쩌면, 예측하지 못했던 돌발적인 상황, 즉 미지의 영역에 대한 자기 방어적인 태도였다. 비명을 지른 젊은 여성이 자신의 호기심과 무관하게 만약 정말로 다급한 위기 상황일 경우, 목격자로서 그녀는 무슨 행동이든 취해야 할 것이었다.

그러나 그녀의 일상은 항상 평온했다. 운 좋게 그녀의 삶에 이런 돌발적인 상황이 없었던 것인지, 아니면 인력처럼 그녀와 닮은 평온한 일상만이 그녀에게 끌려왔는지는 알 수 없는 일이지만, 이 덕분에 그녀는 어떤 의미에서 이 같은 돌발적인 상황에 대해서 완전히 무지했다. 때문에 그녀가 만일 몇 걸음 앞 베란다에서 바라보게 될 사건이 생에 처음으로 목격하게 되는 큰 사건이라 할지라도 그녀는 자신이 무엇을 할 수 있을지 예상할 수 없었다.

그녀의 내면이 조용하고 격렬하게 맞부딪히고 있는 사이, 거리 위로 쓰레기통이 나동그라지는 소리가 들리고, 또 한 번 비명이 터져 나왔다. 버지니아 부인은 더 이상 미룰 수 없었다. 그녀는 자신에게 꼭 맞는 이 안락함에 다시 몸을 맡길지, 아니면 그것을 스스로 깨뜨릴지 결정해야만 했다. 그녀는 베란다와 조금 전까지 자신이 앉아 있던 소파를 번갈아 가며 쳐다보았다. 그 순간 그녀의 눈에 소파 위 거실 천장에 매달려 빛을 발하고 있는 형광등이 눈에 들어왔다. 형광등을 바라보는 것이 지겹다고 느낀 순간 그녀는 결심했다.

버지니아 부인은 한달음에 베란다 창가로 달려들었다. 난간에 몸을 바짝 기대어 아래를 내려다본 그녀는, 날이 어두운 까닭에 미간을 잔뜩 찌푸린 채 한참을 길거리를 훑어본 뒤에야 몸을 웅크린 채 비명을 질러대는 젊은 여성과 그 앞에서 경계의 몸짓을 한 남자의 모습을 발견할 수 있었다.

그녀는 놀랐고, 동시에 안도했다. 자신이 생각한 최악의 경우가 들어맞은 것에 놀랐고, 반대로 아무 일도 일어나지 않은 것이 아니어서 안도했다. 그녀는 자신을 망설이게 한 이유처럼, 이제 자신이 무언가를 할 차례라고 생각했다. 하지만 무엇을? 그녀의 머릿속 대부분을 차지한 생각은 우선 숨부터 조금 고르자는 것이었다. 그녀는 바깥 공기를 천천히 깊이 들이마신 후 여러 번 나눠 뱉었다.

무장 강도는 여전히 젊은 여성을 위협하고 있었고, 상처 입은 젊은 여성은 여전히 소리를 꽥꽥 지르고 있었다.

6

　버지니아 부인은 경찰서에서 새벽을 거의 뜬눈으로 지새우다시피 해 몹시 피곤했음에도 이상하게 졸음이 오지 않았다. 오히려 정신이 맑았다. 근래 들어 그녀는 지금처럼 머릿속이 개운한 적이 없었다. 그녀는 지난밤, 그 누구보다 속을 알 수 없는 모호한 사람처럼 행동했었다. 하지만 이제 그녀는 말끔하게 청소가 끝난 한낮의 서재처럼 생각이 정리되어 있었다.

　밖에서 신문 배달부의 부산한 발걸음 소리가 아파트 층계마다 쿵쿵 울렸다. 그녀의 아파트 현관 앞에 툭, 하고 신문지 뭉치가 떨어지는 소리가 들렸다. 그녀는 문을 살짝 열어 조간신문을 손에 집었다. 신문에서 방금 인쇄한 잉크 냄새가 기분 좋게 올라왔다. 그녀에게 머리기사는 완전히 관심 밖의 대상이었다. 헤드라인은 보는 둥 마는 둥 빠르게 페이지를 넘기며 신문을 뒤적거렸다. 한참을 그렇게 신문을 살핀 버지니아 부인은 어느 구석진 토막 기사를 발견하고는 눈을 커다랗게 치켜떴다.

〈지난 새벽 살인사건이 발생하였다. 피해자는 젊은 직장 여성으로 나이는 20대 후반이며……〉

기사는 구석의 토막기사 중에서도 결코 그 비중이 크지 않다고 할 정도로 작았다. 기사는 한 뼘도 안 되는 페이지에 겨우 10줄 남짓으로 짧게 요약되어 있었다. 버지니아 부인은 그 기사를 보고, 또 보고 다시 읽기를 반복하였다. 대단할 것 없는 기사였고, 대도시에서 흔히 있을 수 있는 살인사건 중 하나일 뿐이었다.

적어도 아직까진 그렇게 보였다.

7

 버지니아 부인은 연거푸 숨을 몇 차례 크게 들이마시고 내쉰 다음에야 비로소 차분히 이 상황을 이해할 수 있게 되었다. 하지만, 솔직히 이런 상황에서 침착하게 행동한다는 것은 평범한 중년 여성에게는 도저히 무리였다. 그녀는 떨리는 심장을 어떻게 하지 못했고, 오히려 침착해지려는 마음 다짐은 조급함이 되어 몇 배는 더 그녀를 정신없는 여자로 만들어 버렸다.

 어둑한 거리 속 강도는 상처 입은 젊은 여성의 비명에 조금 놀랐는지, 어두운 골목으로 몸을 잠시 피했다. 칼이 살짝 빗나갔고, 그 덕에 아직 기운이 남은 여자는 미친 듯이 비명을 질러댔다. 그 비명이 너무나 큰 까닭에 아파트 주민 중 누군가가 창밖으로 이 광경을 보고 있을 거라는 생각을 떨쳐버릴 수가 없었다. 나중에야 명확해진 것이기는 했지만, 강도의 예상은 정확했다. 아파트 창문을 통해 누군가 이 둘을 두 눈 똑똑히 뜨고 지켜보고 있었던 것만은 분명한 사실이었으니까.

버지니아 부인은 베란다에 기대어, 공포와 고통으로 인하여 날카롭게 비명을 지르는 젊은 여성의 모습을 지켜보면서 놀랍게도 점점 호흡이 안정됨을 느꼈다. 차가운 밤공기가 버지니아 부인의 뜨거운 감정을 차갑게 식혔다고 생각할 만큼의 급격한 감정 변화였다. 그녀는 이제 객관적이고도 냉정하게 이 상황을 판단할 수 있었다.

누가 보아도 이것은 젊은 여성의 목숨이 달린 위기 상황이다. 남자는 칼을 든 무장 강도이고, 여유 있게 잡아도 불과 몇 분 전에 남자는 칼로 여자를 찔렀다. 거리가 계산보다 더욱 어두웠던 탓인지, 아니면 젊은 여성이 찰나의 순간 칼을 피했는지 알 수 없지만, 남자의 칼은 여성에게 아직 치명적인 상처를 주진 못한 듯했다. 여자는 비명을 지르는 중이고, 남자는 잠시 몸을 숨겼다. 이곳에서 지역 경찰서는 멀지 않은 곳에 있었다. 만약 최초의 비명에 누군가가 경찰에 신고했다면, 이제 슬슬 경찰이 출동할 때가 되었다.

그러나 아직까진 잠잠하다.

그렇다면 아직 경찰에 신고가 들어가지 않았을 가능성도 얼마든지 생각해 볼 수 있다. 만약 신고되지 않았다 해도, 지금이라도 신고하는 것이 옳다. 무장 강도는 아직 그녀를 완전히 포기하지 않았을 것이 분명했기 때문이다. 무장 강도는 반드시 다시 모습을 드러내 젊은 여성에게 최소 한 번 이상 추가적인 위협을 가할 것으로 보였다. 그렇다면 정말 지금뿐일지도 몰랐다. 지금이라도 누군가 경찰에 신고해야만 하고, 정말 운이 좋다면 젊은 여성은 목숨을 부지할 수 있을 것이다. 하지만 버지니아 부인은 누군가의 신고를 생각하면서도 그 누군가의 범위에서 자신은 진작 제외를 시킨 듯 굴었다. 그녀는 조금 더 상황을 지켜보기로 했다. 그녀는 소파에 등을 기대었던 것처럼 베란다 창틀에 몸을 기대었다. 그리고 생각했다.

'내가 왜 알지도 못하는 저 여자를 위해 신고를 해야 하지? 내가 구해줘야 할 이유는? 내가 구해준다고 해서 저 여자가 내게 감사하다며 내일 당장 수표를 보내올 것도 아닌데, 나는 왜 저 여자를 구해주어야 한다는 생각에 안절부절못해야만 하는 거지?'

생각일 뿐이지만, 이것은 그녀 자신도 도저히 이해할 수 없는 소름 끼치는 생각이었다. 지금껏 살아오면서 누구에게 해를 끼친 적이 없음은 물론이거니와 도리어 도움을 주었다면 그렇다고 할 만한 인생이었다. 그녀의 선행이 크고 작음과 관계없이 그녀의 의도만은 항상 진실했다. 그녀는 세상의 질서에 순응하고, 거기에 더 나아가 세상의 질서를 유지하기 위해 노력했다. 평소의 그녀였다면, 기꺼이 어떤 형태로든 저 젊은 여성을 구하기 위해 아주 작은 무언가라도 실행했을 것이었다.

그렇지만 버지니아 부인은 지금 이 순간 자신이 살아온 방식을 포기했다. 단 한 번도 길림길에 선 적 없었지만, 단 한 번 갈림길에 선 순간, 빛과 그림자 중 그녀는 스스로 그림자를 택했다. 작은 선행을 쌓아 놓고 한순간 거대한 악행 앞에서 무너지는 모래성처럼, 그녀는 한순간 무너졌다. 그리고 세상에 존재하는 일탈과 돌발성의 일부가 되고자 했다. 그녀는 살아오면서 지금껏 가장 극단적인 일탈 행위를 눈앞에서 지켜보는 것이었고, 그 광경을 보며 자신도 그렇게 될 수 있다고 생각했다.

혹여 이것이 몰래카메라이거나 친한 친구, 또는 연인 사이의 장난일 가능성은 없을까? 아니, 그럴 리 만무하다. 이것은 명명백백한 살인 현장이다. 굳이 증거가 필요하진 않다. 인간의 직관은 그렇게 쓸모없는 것이 아닐뿐더러, 때때로 놀랄 만큼 정확한 편이기 때문이다. 또한, 안심한 강도가 어느새 어두운 골목에서 다시 모습을 드러내 젊은 여성에게 다가가는 것도 버지니아 부인의 이러한 생각을 뒷받침해 주었다.

비틀거리며 도움을 청하던 젊은 여성은 다시 나타난

무장 강도의 모습에, 어디서 그런 힘을 숨겨놓았는지 또다시 비명을 지르며 달아났다. 두려울 것이 없어진 강도는 도망가는 여성의 뒤를 금세 잡아 또 한 번 칼을 깊숙이 찔러 넣었다. 젊은 여성은 허리 뒤쪽에 다시 한번 큰 상처를 입게 되었고, 그 때문에 다리에 힘이 풀려 그대로 길바닥에 허물어지듯 쓰러졌다.

버지니아 부인은 밝은 빛의 창 안에서, 어두운 거리에서 벌어지는 이 모든 사건을 지켜보고 있었다. 강도에 의해 칼에 세 번이나 찔렸음에도 젊은 여성은 아직 끈질기게 살아있었다. 그녀는 남은 힘을 다 끌어내 공포와 분노, 울음이 뒤섞인 비명을 남자에게 저주하듯 내질렀고, 저항할 수 없음을 알면서도 날이 매섭게 선 그녀의 목소리에 강도는 잠시 주춤하며 뒤로 물러섰다. 버지니아 부인은 대치 상황이 된 묘한 광경을 내려다보며, 이름은커녕 얼굴조차 제대로 보지 못한 젊은 여성에게 측은한 마음이 들었다. 그리고 몇 걸음이면 닿을 전화기를 물끄러미 바라보았다. 하지만, 그녀는 오랫동안 마음의 농요를 허락하지는 않았다.

'내가 지금 신고한다고 해서, 저 여자는 눈곱만큼도 내게 감사해하지 않아. 오히려 왜 이렇게 늦게 신고했냐며 화를 내겠지. 그녀는 어떤 형태로든 내게 분노를 표출하고 복수를 다짐할 거야. 내겐 아무런 책임이 없는데도!'

그녀가 다시 마음을 고쳐먹은 순간, 기다렸다는 듯 전화벨이 울렸다. 마치 세상의 규칙이 그녀의 마음에 잠시 동안 일었던 비밀스러운 움직임을 더욱 충동질하려는 것처럼. 그녀는 누가 전화한 것인지 이미 알고 있었지만, 두려움을 숨기지 못한 채 전화기를 들었다.

8

"여보세요?"

"안녕하세요? 혹시 잠시 통화 괜찮으실까요?"

"저기, 무슨 일이신지……?"

전화기 너머의 목소리는 난생처음 들어보는 목소리였다. 그러나 목소리만으로도 지성인임이 느껴지는 단정하고도 세련된 말씨였다. 전화기 너머 주인공은, 자신을 한 지역신문사에서 근무하는 편집국장이라고 소개하고, 빠르게 본론에 들어갔다.

"실은 며칠 전에 있었던, 댁에서 멀지 않은 곳에서 벌어졌던 살인 사건에 관해 묻고 싶은 게 있어서 이렇게 전화를 드리게 되었습니다. 가능하시다면, 이야기를 좀 나눌 수 있을까요?"

버지니아 부인은 덤덤하게 인터뷰에 응했다. 인터뷰는 그녀가 일전에 형사에게 했던 이야기와 크게 차이 나지 않았다. 그러나 편집국장은 그녀의 이야기를 모두, 마치 중요한 단서처럼 경청했다.

며칠 뒤, 그 지역신문사는 토막기사였던 살인 사건을 헤드라인으로 대서특필했다.

9

"생각보다 야근이 늦어지네. 아무래도 조금 더 일을 해야 할 것 같아서 전화했어. 괜찮지? 아무 일도 없지?"

남편이었다. 버지니아 부인은 이맘때쯤 그가 야근 때문에 전화할 것이라는 사실을 알고 있었다.

"왜 대답이 없어? 무슨 일이라도 있어?"

그녀는 남편의 물음에 아주 잠시 동안 머뭇거렸다. 그러나, 곧 대답한다.

"무슨 일은. 아무 일도 없으니, 조심해서 들어와요."

10

신문에 특집기사를 실은 편집국장은 이미 다수의 수상 경력이 있는 저명한 언론인이었지만, 이 특집기사를 통해 더욱 그 이름을 높였다. 그는 대도시 생활에서 오는 인간 소외와 대중에 대한 무관심에 입각해 이 사건을 해석하였고, 그에 관한 책까지 썼다. 기존의 학문으로는 이 사건을 논리적으로 해석할 수 없었다.

이를 계기로 많은 학자들은 이 사건을 사회과학적인 측면으로 연구, 해석하여 〈다수의 무지〉라던가, 〈책임감의 분산〉이라는 용어를 멋대로 만들어 내기까지 했다. 그들은 입을 모아 말했다.

"구경꾼은 결코 도와주지 않는다."

그러나 그들은 중요한 무엇인가를 놓치고 있었다.

11

　버지니아 부인이 막 수화기를 내려놓은 순간, 또 한 번 젊은 여성의 처참한 비명이 들려왔다. 이번엔 크고 작았던 좀 전의 수많은 비명과는 비교도 할 수 없을 만큼 애절하고 비통한 목소리였다. 버지니아 부인은 베란다 창문으로 달려가면서, 여성의 죽음을 직감했다. 서둘러 창밖을 향해 시선을 던진 버지니아 부인은, 쪼그려 앉아 바닥에 널브러진 젊은 여성의 주머니와 핸드백을 뒤지는 남자의 모습을 확인할 수 있었다. 버지니아 부인은 끝이 있을 것을 알고 시작한 사람처럼 묵묵히 그 마지막을 지켜보았다. 남자가 젊은 여성의 몸을 샅샅이 뒤진 뒤 달아날 때까지 그의 뒷모습을 멍하니 응시하던 버지니아 부인은, 남자의 모습이 완전히 사라지자, 이번엔 이미 숨진 것으로 보이는 젊은 여성에게로 눈을 돌렸다.

　어두컴컴하고 너무 먼 거리라 살해당한 젊은 여성의

모습은 어느 것 하나 제대로 보이는 것이 없었다. 하지만, 버지니아 부인은 마치 코앞에 있는 듯, 젊은 여성에게로 손을 뻗었다. 버지니아 부인의 손은 결코 젊은 여성에게 닿을 수 없는 손이었다. 버지니아 부인은 젊은 여성의 얼굴 윤곽을 어루만지는 듯 허공에 손짓하다 다시 난간을 부여잡았다. 난간을 부여잡은 그녀의 손이 떨리고 있었다.

버지니아 부인은 방으로 다시 돌아와 소파에 몸을 눕혔다. 들리지도 않게 조용히 숨을 내뱉은 그녀는 자연스럽게 고개를 치켜들었다. 그 시선이 머문 곳엔 형광등이 빛을 발하고 있었다. 버지니아 부인은 다시 형광등을 집요하리만치 집중하여 쳐다보았다. 하지만, 바로 몇십 분 전과 같은 의식의 몽롱함은 찾아오지 않을 듯했다. 그녀는 두 개의 형광등 사이에 존재했던 작은 그림자를 찾으려 노력해 보았지만, 끝내 그림자는 다시 나타나지 않았다. 방금 전까지 버지니아 부인의 천장 형광등 사이에 교묘히 몸을 숨기고 있던 세상의 그림자는 이제 더 이상 이곳에 없었다. 그 작은 그림자는 이제 이곳에서 자신의 임무를 마치고 나서, 너무나 환하고 밝기만 한 세상에 한 점 정도는 얼룩이 되어도 좋겠다 싶은 장소를 찾아 떠나버린 것 같았다.

버지니아 부인은 본능적으로 다시는 자신이 보았던 그림자를 보지 못할 것임을 직감했다. 또한, 다시는 형광등을 바라보며 그림자를 찾을 일도 없을 것이라고 막연히 생각했다. 소파에서 몸을 일으킨 그녀는 천천히 전화기 쪽으로 걸어갔다. 전화를 걸자, 곧 피곤함에 젖은 남성의 목소리가 들렸다. 그녀는 침착하게 말했다.

"경찰이죠?"

먼 하늘에 떠 있는 달은 어느새 구름을 완전히 밀어내고, 완연한 모습으로 거리를 내려다보고 있었다. 구름 때문에 희미하던 달의 윤곽은 이제 선명하게 둥근 원의 모양을 갖추게 되었다. 그것은 마치 부릅뜬 눈에서 나오는 안광과도 같았다. 한없이 차가운 방관자의 눈동자는 가없이 밝은 노란색이다. 얼마 지나지 않아, 멀리서 시끄러운 사이렌 소리가 점점 가깝게 들리기 시작했다. 창문 밖으로 눈을 돌리니 멀리 헤드라이트 불빛이 다가오고 있었다.

그리고 그렇게, 버지니아 부인을 포함한 아파트 주민 38명은 창문을 통해 멀리 헤드라이트 불빛이 다가오는 장면을 조용히 지켜보고 있었다.

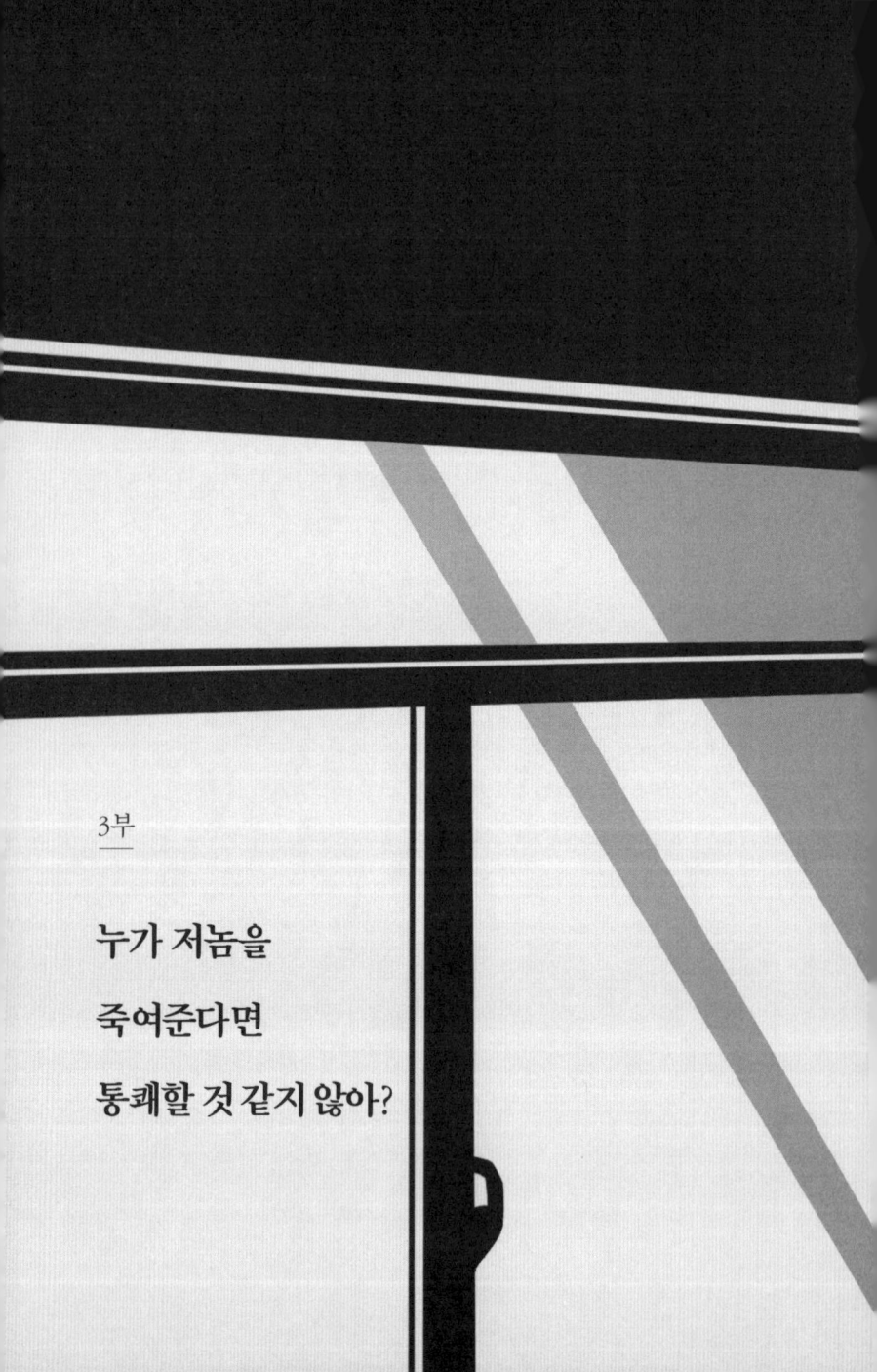

3부

누가 저놈을
죽여준다면
통쾌할 것 같지 않아?

5월, 때 이른 더위가 찾아온 한낮의 고급 맨션이 즐비한 주택가의
한 건물 앞에는 취재진으로 발 디딜 틈 없이 북적거렸다.

전 국민이 지켜보고 있을 그 현장에 비장한 표정의 한 남자가
기자들 사이를 비집고 한 발, 한 발 앞을 향해 나아가고 있었다.

그 자리에 있던 기자들과 구경꾼들, TV 너머로 바라보던 사람들
모두 마찬가지로 숨죽여 바라만 보고 있을 뿐,
어느 누구도 그 남자가 계획한 일을 방해할 수 없을 듯 보였다.

1

 고급 맨션이 즐비한 주택가의 한낮 풍경이라고 하기에 지금은 무언가 이질적이었다. 회사의 고위 임원들이나 유능한 전문직 종사자들이 주로 거주하는 이 주택가는 그들의 높은 지성을 대변하기라도 하는 듯 항상 깨끗하고 조용했다. 가끔 아이들의 노랫소리나 발을 맞춰 또래끼리 달리기하는 소리가 들리기도 했지만, 훌륭한 가정교육 아래 자라난 아이들은 그마저도 거슬리는 일이 없었다. 그들은 고요를 미덕으로 삼고, 소음을 야만처럼 경계했기 때문에 그 누구도 그들이 만든 이 작은 거리의 규칙에 어긋나는 일은 없었다. 그래서 오늘의 이 소란스러움은 결코 가볍게 넘어갈 일이 아니었다.

주택가 한 가운데에 위치한 고가의 맨션은 처음 보는 인파로 요란했다. 성처럼 굳건한 맨션의 입구에서부터 5층까지 줄지어 선 기자들과 방송사의 카메라맨들, 그리고 각종 촬영 장비와 방송국 차량으로 맨션 건물과 그 주변은 발 디딜 틈조차 찾기 어려웠다.

무슨 일이 벌어진 것인지, 이유를 알지 못하는 인근 주민들은 삼삼오오 거리로 나와 맨션 주위를 에워쌌다. 남편과 아이들을 모두 직장과 학교로 보낸 뒤 거리에 나선 평범한 아내와 어머니들도 이 이례적인 광경에 모두 걸음을 멈추고 고개를 들어 맨션 주위를 훑었다. 그들은 서로 부정확한 정보를 교환하며 온갖 추측을 쏟아내고 있었다. 이 조용한 동네에 무슨 일이라도 벌어진 것일까.

가장 먼저 진을 친 것은 기자들이었다. 발 빠른 기자들은 이른 새벽부터 맨션을 찾았다. 맨션 5층의 한 주택 앞에는 이미 많은 기자들과 카메라맨들로 인산인해를 이루었다. 기자들 중 몇 명은 서로 인사하며 안부를 물었다. 그들은 잠깐의 담소를 나눈 뒤 각자 준비한 취재 파일을 확인하며 언제일지 모를 특종을 준비했다. 그들의 눈은 피곤함과 함께 알 수 없는 긴장감과 흥분으로 가득했다. 한데 모인 동종의 사람들에게서 느껴지는 일체감 같은 것이 있었다. 그들은 모두 같은 기대감으로 일렁였다.

 어제였다. 전국을 들썩이게 만든 희대의 사기꾼이 드디어 참고인 조사를 받았고, 오늘 그에게 체포영장이 발부될 것이라는 소식이 대대적으로 보도되었다. 현재까지 알려진 피해 금액만으로도 이미 건국 이래 최대의 사기 중 하나로 회자되는 대형 사건의 주모자였다. 이와 관련된 보도는 연일 매스컴을 통해 쏟아졌지만, 실제 사기의 주모자인 회장은 매스컴에 노출되는 것을 극도로 꺼려 그의 현재 외모에 대한 정보는 거의 전무하다시피 했다. 때문에 그가 오늘 모습을 드러낸다면, 공식적으로 그의 얼굴이 처음으로 매스컴을 통해 전국으로 송출되는 날이 될 수도 있었다. 이 소식에 지역구뿐 아니라 전국 각지의 기자들과 방송국이 오전부터 그의 집 앞으로 몰려들었다.

사실 처음에는 이렇게 전국적으로 관심이 집중될 만한 뉴스는 아니었다. 회장이 만든 유령회사 직원 1명이 구속되어 조사받는 순간까지, 이 사건은 그다지 여론의 관심을 받지 못했다. 그저 전국에 널리 퍼져 있는 수많은 사기꾼들의 사기 수법 중 하나였고, 따라서 특별할 것이 없는 것처럼 보였다. 흔한 이야기에 국민들은 크게 흥미를 갖지 않았고, 국민들이 흥미를 갖지 않는 사건에 기자들은 시간을 허비하지 않았다.

평범해 보이는 사기극이 특종으로 변한 것은, 경찰 조사를 통해 피해자와 피해 금액이 밝혀지면서부터였다. 그리고 구체적인 피해 금액과 피해자 수가 하나씩 베일을 벗자 드디어 그를 중심으로 한 사기 사건이 매스컴을 통해 전국의 관심을 끌기 시작한 것이었다.

회장의 사기 대상은 70대 이상의 노인들이 대부분이었고, 당연하게도 그가 노린 것은 그들의 노후 자금이었다. 노인들에게 있어 그 돈은 생명줄이나 다름없었다. 노인들이 평생에 걸쳐 모은 돈을, 회장은 잔인하게도 가로챘다. 전 국민이 일제히 분노한 까닭은, 피해 금액의 규모도 규모였지만, 사기의 대상 때문이기도 했다. 국민들은 피해를 입은 노인들의 울먹이는 인터뷰 영상에서 자신들의 먼 미래를 대입했고, 불확실한 공포가 아닌 미래에 마주할 가능성이 있는 공포에 더욱 예민하게 반응했다. 그리고 대중의 미묘한 웅성거림을 매스컴은 놓치지 않고 포착했다. 과하지 않게, 하지만 확실하게 매스컴은 대중들이 분노할 수밖에 없는 미끼를 한두 개씩 투척했다.

어느새 언론은 회장과 회장이 만든 유령회사에 대한 뉴스를 매일 같이 토해내고 있었다. 매스컴은 회장이 태어나 지금에 이르기까지의 모든 성장 과정을 현미경으로 샅샅이 살피듯 분석했고, 그의 교우관계는 까마득한 유치원 동창까지 파헤쳐졌다. 회장의 가족사는 유전자 단

계까지 분석되어 몇 대 위의 조상이 에도시대의 유명한 사기꾼일지도 모른다는 설까지 나돌았다. 정상적인 취재의 범주를 넘어선 광기에 가까운 가십이었다. 그런데도 매스컴은 멈출 생각을 하지 않았다. 사실 멈춰야 할 이유가 없었다. 대중이 가장 원하는 것을 매스컴은 기꺼이 그들 손에 쥐여 주었다. 회장이 정말 그러한 자인지, 아니면 만들어진 것인지는 중요하지 않았다. 어찌 되었든, 그는 현재 전국에서 가장 이름 높은 악인이었다.

세상은 가끔, 어떤 특정한 시기에 공공의 악을 필요로 한다. 서사가 주어지지 않는 악인이 필요한 순간이 있었고, 누구에게나 이견 없이 비난받을 수 있는 존재는 때때로 사회에 유익했다. 대중은 공공의 악에 대한 필요성에 대해 반신반의하면서도 어떤 때에는 상당 부분 동의하고 심지어 지지하곤 했다. 이렇게 말한다면 모두가 부정하지만, 대중은 손가락을 모아 비난할 수 있는 대상을 원한다. 중구난방으로 복잡하게 얽힌 손가락들은 사회를 어지럽게 하기 마련이고 그럴 때마다 그들을 하나로 묶어

주는 악인을 모두가 은연중에 바랐다. 매스컴은 그런 대중의 욕구에 맞춰 적절한 순간, 적절한 악인을 그들 앞에 내주었다. 그러나 매스컴은 대중이 원하는 공공의 악을 등장시킨 이후에는 빠르게 뒤돌아 사라졌다.

공공의 악이 필요에 의한 것이라고 한다면, 과연 그 악은 누구에 의하여 심판받아야 하는지, 매스컴은 대답하지 않았다.

2

마츠오는 도시 외곽에서 철공소를 운영하는 남자였다. 그가 현재의 마을에 전입하기 전까지, 그가 과거에 어떤 사람이었고, 어떤 연유로 이곳에 정착하게 되었는지 아는 사람은 아무도 없었다. 그는 어느 날 갑자기 외지에서 이곳으로 이사를 온 뒤, 곧바로 낡은 철공소를 인수해 외부와 접촉 없이 하루 종일 철공소에 틀어박혀 일만 했다. 그는 말수가 지나치다 싶을 정도로 적었고, 어쩐지 다가가기 힘든 분위기를 풍겼기 때문에 그와 사적인 대화를 나눈 사람은 없다시피 했다. 어차피 그가 특별히 마을 사람 누구와도 친해지려고 하지 않았기 때문에, 마을 사람들은 그의 한 울타리 안의 이방인 같은 태도에도 크게 개의치 않았다. 게다가 직업으로서 그 솜씨는 꽤 좋아서 어떤 이들은 조금 별난 데가 있어도 본래 장인이란 괴팍한 면이 있는 법이라는 식으로 그를 옹호하기까지 했다.

장인의 괴팍함이라고 그럴싸한 말로 치장을 하긴 했지만, 마츠오는 그가 가진 괴팍함 때문에 종종 말썽을 일으켰다. 아무리 외부와 접촉을 거의 하지 않더라도 직업의 특성상 불가피하게 사람들을 만나 대화를 하는 일이 있을 수밖에 없었는데, 그럴 때마다 그의 괴팍한 성격은 높은 확률로 문제를 만들곤 했다. 그는 고집이 세고, 남의 의견을 듣지 않았으며, 아주 작은 일에도 불같이 화를 냈다. 어떨 때 보면, 이것이 그의 성격인지, 아니면 아무도 알지 못하는 수수께끼 같은 그의 과거가 만들어 놓은 방어기제인지 알 수 없을 만큼, 의도적으로 만들어 냈다고 믿을 만큼의 과격함 같은 것이 있었다. 그는 마치 세상과 스스로 단절한 것처럼 보이기까지 했다. 가끔 누군가 그에게 반갑게 인사라도 하면, 그는 대꾸조차 하지 않고 뒤돌아 침을 뱉었다. 나는 당신에게 어떤 관심도 두지 않을 테니 당신도 나를 간섭하지 말라는, 선을 긋는 그만의 방식이었다.

이렇듯 세상과 단절을 선언한 마츠오에게도 연일 계속

되는 회장 뉴스에는 신물이 날 지경이었다. 그는 실제로 자신이 그 사건에 개입하지도 않았는데, 마치 자신이 범죄에 가담한 사람이나 피해자인 양 느껴질 정도였다. 언론은 마치 세상이 뒤집어지기라도 한 것처럼 유난을 떨었다. 마츠오는 이게 무슨 대단한 일인가 싶었지만, 이 사건의 주모자인 회장이란 작자에게만은 확실한 적의를 가지고 있었다. 그러나 그가 느끼는 적의란 일반적으로 사람들이 느끼는 적의와 기인하는 지점이 달랐다.

사기를 당한 노인들에게 동정심을 느끼냐고 묻는다면, 그는 단연코 아니라고 답할 것이다. 지금껏 이룬 모든 것을 어설픈 사기극에 속아 전부 잃게 된다면 그 역시 분노할 테지만, 솔직히 말하자면 마츠오는 멍청하게 사기꾼에게 놀아난 노인들에게 더욱 화가 나는 쪽이었다. 한심하고 답답했다. 그리고 그 한심하고 답답한 노인들을 별 대단찮은 기술로 꾀어낸 것도 모자라, 이제는 세상의 주인공이라도 된 듯 매일 방송에 이름을 올리는 회장이 불편하고, 불만이었다. 그의 적의란 이런 것이었다. 그에게 세상은 무관심의 영역이므로, 그 반대 지점에서 가장 관심 받는 존재에 대하여 품는 막연한 적대감 같은 것이었다.

 마츠오는 물론 세상의 관심 따위를 바란 적은 맹세코 단 한 번도 없었다. 제발 자신에게 아무도 관심을 두지 않고, 이대로 아무도 자신에게 간섭하지 않았으면 하는 심정으로 지금의 터전으로 이사한 것이기도 했다. 그러나 세상의 모든 극단적인 부분은 모두 양가적인 측면을 지닌 것처럼, 마츠오 또한 나에게 관심을 두지 않았으면 하는 마음 저편에는 그와 정반대되는 지점도 지니고 있었다. 내가 세상에 관심이 없으니, 세상도 나에게 관심을 두지 말아 달라는 것인지, 세상이 나에게 관심이 없으니 나도 세상에 관심을 끊겠다는 것인지, 그 선후의 관계를 짚어보면 어딘지 모호한 게 많았다. 마츠오도 너무도 먼 과거의 일이므로, 이제 선후를 정할 수 없었다. 또한 선후를 알게 된다 하더라도 바뀌는 것은 없으므로, 이제 와 그것을 정한다 하더라도 무슨 소용인가 싶기도 했다.

그런데 과연 정말로 그러한 것인지는 알 수 없다. 진짜 부를 쫓는 사람은 항상 가난을 염두에 둔다. 승리에 집착하는 사람일수록 패배의 두려움을 곱씹는다. 귀신을 무서워하는 사람일수록 귀신이 없다고 큰소리친다.

마츠오는 언론이 한 사람의 사기꾼에게 이토록 많은 시간을 할애하는 것이 이해되지 않았다. 그는 피로감을 느끼고 있었다. 사회의 정의라든지 권선징악 같은 것에, 마츠오는 정말로 조금도 관심 없었다. 그저 이 시끄러운 세상이, 그리고 세상의 모든 손가락을 한 몸에 받는 저 회장이란 작자가 마음에 안 들 뿐이었다.

3

"알려진 것처럼, 회장은 20대 후반에 금괴를 판매하는 회사를 설립한 뒤, 노인들을 대상으로 사기행각을 벌였다고 하는데요."

앵커는 침착하게 대본을 읽었다. 급하게 편성된 생방송 뉴스 속보였다. 대본을 받은 직후라 미리 숙지할 시간이 충분하지 못했고, 때문에 앵커는 유독 프롬프터를 자주 곁눈질했다. 앵커의 말이 끝나자, 중년의 남성 패널이 말을 이어받았다.

"네, 맞습니다. 순금을 판매한다는 이름을 내걸고 투자자들을 찾아가 투자금을 대가로 일종의 증권을 나눠줬습니다. 위탁받은 투자금으로 금을 매입한 뒤, 금을 되팔아 수익을 만든 뒤 투자자들에게 다시 나눠주겠다고 하면서 말입니다."

"하지만 실상은 유령회사였던 거죠?"
"그렇습니다. 전형적인 폰지사기입니다."

회장의 체포 순간을 라이브로 방송하기 위해 스튜디오에서는 뉴스 속보를 촬영하고 있었다. 갑작스러운 라이브에도 불구하고 이제 막 제 궤도에 오른 앵커는 능숙하게 뉴스를 진행했다.

"정말 충격적인 사건이 아닐 수 없는 게, 그 금액이 실로 천문학적인 수준이라고 합니다. 여기서 궁금한 게, 어떻게 5년도 채 안 되는 기간 동안 그렇게 큰돈을 편취할 수가 있었던 거죠?"

패널은 잠시 데스크 위에 놓인 자료를 살폈다. 그는 반복적으로 추임새를 넣어 시간을 끌었다. 앵커는 카메라가 자신을 비추지 않는 틈을 타 눈썹을 치켜올리며 패널에게 대답을 재촉했다.

"에, 노인들을 찾아가 때로는 회유하고, 음, 때로는 협박, 또, 네, 때로는 친분을 쌓아 노후 자금을 맡기지 않으면 배기지 못하도록 했다고 하는군요. 음, 며칠씩 집에 머물면서 집안일을 돕는다든가, 하는 식으로 말입니다."

"교활하네요. 그렇게 피해를 본 사람이 약 5만 명쯤이라고요?"

"네, 맞습니다."

남성 패널이 다시 준비한 자료를 정리하기 위해 말을 멈췄고, 앵커는 오디오가 모두 멈춘 그 순간 프롬프터를 바라보았다. 프롬프터에는 아무런 문장도 떠오르지 않았다. 앵커는 순간적으로 기지를 발휘해 머릿속에서 떠오르는 문장으로 침묵을 메웠다.

"무고한 노인에게서 노후 자금을 빼앗다니, 정말 천벌을 받아 마땅하군요. 누군가 할 수만 있다면 그에게 천벌을 내려달라고 빌고 싶은 정도예요."

4

　회장의 맨션에는 그가 개인적으로 고용한 사설 경호원들이 배치되어 있었다.

　그의 사기행각이 서서히 세상에 알려지기 시작할 무렵부터 그는 이미 다수의 사설 경호원을 고용해 신변을 보호받고 있었다. 그러나 최근 그에 대한 매스컴의 보도가 쏟아져 나오고 그를 향한 대중의 분노가 점점 커지고 있음을 느낀 회장은 사설 경호원의 수를 기존의 배로 늘렸다. 그리고, 바로 어제 참고인 조사를 받은 직후 회장은 극도의 신변 위험을 느꼈고, 경호원들에게 기꺼이 막대한 돈을 지급했다. 회장의 지시는 간단했다. 체포 영장이 발부될 때까지 자신을 안전하게 보호해달라는 것이었다. 체포 영장의 발부가 얼마 남지 않았다는 말은 반대로 사적 보복의 시간 또한 얼마 남지 않았다는 것을 의미했다.

범국민적인 관심을 대변하기라도 하는 듯, 기자들의 취재 열기는 뜨거웠다. 기자들은 당장이라도 회장의 집에 들이닥칠 듯 호기롭게 밀고 들어갔지만, 출입문 앞 경호원들에 의하여 마지막 순간 항상 제지당했다. 기자들 중 일부는 경호원들과 작은 몸싸움을 벌이기까지 했으나, 경호원들과 육체적인 싸움으로는 상대가 되지 않았다. 기자들이 그들이 원하는 것을 얻기 위해서는 아마도 한참의 시간이 더 필요한 듯 보였다. 그렇게 오전 내내 기자들과 경호원들 간의 대치는 지지부진한 상태로 계속되었다.

 정오가 지나자 이제 막 시작된 것 같던 초여름의 날씨가 갑자기 절정에 다다른 듯 온도가 치솟았고, 맨션의 아스팔트는 태양열에 뜨겁게 달아올랐다. 응집된 군중의 습기가 맨션의 복도를 가득 채웠고, 끈적하고 눅눅한 공기가 맨션 안팎 사람들의 피부에 눌어붙어 불쾌감을 더했다. 좁은 맨션의 복도에 모인 취재진들은 어느새 셔츠가 흥건하게 젖을 정도로 땀을 쏟아내고 있었다. 오전의 한바탕 실랑이 때문인지, 경호원과 기자들은 휴전 중이었다. 기자들 중 몇 명은 탈진 직전의 상태처럼 어지러움을 호소했다. 경호원들도 이제 더는 포커페이스를 유지하지 못했다.

늘어지는 분위기 속에서 기자들은 다급해졌다. 그들은 몇 시간째 열리지 않는 현관문 앞에서 초조함을 숨기지 못했다. 기자들이 원하는 것은 단출했다. 기사 한 줄, 사진 한 장이면 되었다. 그러나 경호원들은 강경했다. 기자들은 알고 있었다. 그들이 가지고 있는 힘만으로 저 문은 결코 열리지 않을 것이다. 지금의 기류를 완전히 바꿀 무언가가 필요했다.

5

 마츠오는 철공 일을 잠시 미뤄두고 TV 화면을 통해 회장의 맨션을 지켜보고 있었다. 생중계 화면은 현장감이 넘쳤다. 그는 마치 직접 회장의 맨션 복도에 앉아 있는 느낌마저 들었다. 열리지 않는 문과 기자들의 지친 목소리, 카메라 셔터음과 플래시 속 마츠오는 뜨거운 태양과 치솟은 습도 아래 있는 것과 같은 갈증과 불쾌감을 느꼈다. 마츠오가 얼마나 몰입하고 있었는지 실제로도 목이 말라 물을 연거푸 마셨는데, 그래도 갈증이 가시지 않아 결국엔 차갑게 식힌 술을 몇 잔째 들이켜야만 했다.

 처음에는 단순히 이 열기를 식히고자 술을 몇 잔 마셨을 뿐이었다. 그러나 이것이 걷잡을 수 없는 과음을 하기까지는 긴 시간이 걸리지 않았다. 마츠오는 술을 마시지 않고는 견디기 힘들었다.

모든 건 저 회장 때문이었다.

마츠오는 복사열의 아스팔트에 등을 기대고 있는 듯한 어지러운 기운과 취기 속에서 세상의 이목 아래 고요히 미소 짓고 있는 회장의 모습을 떠올렸다. 회장은 저 조악한 안식처에서 세상의 관심은 상관없다는 듯 안락할까, 아니면 초조하게 불안에 떨며 자신에게 다가올 어떤 형태의 벌을 선고처럼 기다리고 있을까. 그는 문 안쪽의 악인을 떠올리며, 그가 품고 있는 마음이 대체 무엇인지 추측했다.

회장은 세상의 관심을 통해 이 자리에 선 인물이다. 그는 사기의 규모를 키우는 과정에서 TV나 신문 광고 등을 적극적으로 활용했다. 회장은 유명해지고 이목이 쏠릴수록 더욱 큰돈을 만질 수 있다는 사실을 알고 있었다. 어쩌면 회장은 이런 상황을 즐기고 있는 것일지도 몰랐다. 회장의 목적이 단순히 유명해지는 것만은 아니겠지만, 회장의 행적과 유명세는 떼려야 뗄 수 없는 관계가 아닌

가. 그렇다면 이런 유명세가 회장에게 꼭 나쁘지만은 않은 것이 아닌가.

여기까지 생각이 이르자, 마츠오는 지금의 상황이 회장에게 정말로 위협이 되는 상황이 아닌 것 같다는 생각에 빠져들기 시작했다. 정말 매스컴의 보도대로 회장이 희대의 사기꾼이라면, 이건 너무나 회장의 의도대로만 흘러가고 있는 것이 아닌가 싶었다. 그러자 공연히 부아가 치미는 것 같았다.

마츠오는 더 이상 회장과 관계된 생각을 하고 싶지 않아 TV를 꺼버리고 다시 작업장으로 발길을 돌렸다. 그러나 다시 일에 집중하기에 그의 머릿속은 이미 그만의 생각으로 가득 차 있었고, 그보다 너무 취해 있었다. 마츠오는 제대로 일을 하기 어려웠고, 그 덕분에 작업을 하던 도중 하마터면 자기 손가락을 잘라버릴 뻔했다. 무엇이 나를 이렇게 흔드는 것일까. 그는 스스로 혼란했다.

그는 작업을 멈추고 철공소 한쪽에 걸터앉아 내친김에 가지고 있는 술을 전부 마셔버렸다. 이미 자제력은 잃은 지 오래였다. TV를 다시 켜자, 마츠오는 이제 그 맨션 복도에 기자들과 함께 회장을 기다리고 있었다. 기자 한 명이 그의 어깨를 두드렸다.

"회장이네 뭐네 해도 결국은 그저 악명 높은 사기꾼일 뿐이야. 그렇지 않나?"
"이제 앞으로 회장은 어떻게 되는 건가?"

기자는 손가락으로 펜을 몇 번 굴리며 골똘히 생각하는 듯하더니 대답했다.

"구속되고 재판받고 감옥에 가겠지."

마츠오는 터무니없다는 표정으로 고개를 저었다.

"말도 안 되는군. 말도 안 돼. 마음에 들지 않아!"

"뭐가 말도 안 된다는 거야?"
"마지막 순간까지 전국으로 생방송으로 중계가 되는 악인이라니. 이런 스포트라이트를 받으면 회장이 오히려 즐거워하지 않나? 이게 진정한 벌이라고 할 수 있냐는 말이야. 이 유명세를 보라고."

마츠오가 흥분해 거의 소리치다시피 말하자, 기자의 얼굴이 갑자기 뒤틀리며 기묘하게 미소 지었다.

"그럼 어떤 게 진정한 벌이지?"
"난 더 이상 저 회장이란 자를 보거나 듣고 싶지 않아. 난 충분히 시달렸다고. 진절머리가 나."
"그럼 당신이 어떻게 좀 해보라고."

기자의 얼굴은 이제 마치 아지랑이처럼 흐물거리고 있었다.

"내가 뭘 어떻게 할 수 있다는 거야?"

"이 카메라들을 보라고. 이 카메라들이 정말 저 천하의 사기꾼 악당을 위해 있는 거라고 생각하나?"

기자의 어조가 달콤하고 부드러웠다. 시간이 지나 취기가 더욱 오르자 그의 머리를 어지럽히던 곁가지 같던 감정과 생각들은 모두 잦아들었고, 대신 선명한 하나의 감정만이 뜨겁게 그를 풀무질했다.

"유명해지는 거야, 마츠오. 영웅이 되는 거야."

마츠오는 회장의 뉴스를 보며 이것이 분노인가 의심했지만, 아니었다. 그렇다면 이것은 정의감인가. 그럴 리 없었다. 이것은 무력감인가. 비슷했다. 잔가지를 모두 도려내고 나니 그는 자신의 감정을 확실하게 알 수 있었다. 그리고 이제 자신이 무엇을 해야 하는지도 알 것 같았다.

세상의 모든 것은 어떤 사명을 가지고 태어나거나 만들어진다. 어떤 것들은 망가지기 위해 만들어지고, 또 어떤 일들은 끝나기 위해 벌어진다. 마츠오는 철공소에서 연장을 챙겨 차에 싣고 시동을 걸었다.

그는 그 길로 곧장 회장의 맨션으로 향했다.

6

"얼마 전 TV로 광고까지 하던 회사인데, 이게 어떻게 된 일인지 모르겠어요."

함께 TV를 보던 두 명의 주부는 따뜻한 차를 마시며 대화했다.

"그러게요. 내가 아는 사람도 저기에 투자하고 싶다고 했었는데……."
"저런 사기꾼에게 투자했다고 생각하니 정말 끔찍하네요."

그녀들은 TV에 나오는 회장의 맨션을 바라보며 말했다. 한 주부는 회장의 TV 광고에 속아 그에게 투자하기 직전까지 갔던 그의 지인에 대해 이야기했다. 다른 주부는 그렇지 않아도 자기 돈을 투자할 마땅한 투자처를 찾지 못하고 있었는데, 자칫 회장에게 투자하기라도 했다면 어떤 일이 벌어졌을지에 대해 얘기하며 가슴을 쓸어내렸다.

 두 사람은 그렇게 대화를 이어 나가다가 갑자기 불쑥 TV 화면에 나타난 정체불명의 남자에게로 시선을 던졌다. 두 사람은 대화를 멈추고 궁금증을 숨기지 못한 채 TV 화면 속으로 빨려가듯 화면에 집중했다.

7

　마츠오는 취재진과 구경꾼들에 의해 발 디딜 틈 없는 맨션의 입구를 겨우 비집고 지나 회장의 집이 위치한 맨션 복도를 걸어 들어갔다. 개연성 없는 마츠오의 등장에 취재진도 일동 관심을 드러냈다. 몇 대의 카메라가 회장의 집을 향해 걸어오는 마츠오를 화면에 담았다. 마츠오는 숨지 않고 기꺼이 자신을 드러냈다. 경호원 중 한 명이 마츠오를 막아선 뒤 용건을 물었다. 마츠오는 경호원의 물음에 대답하지 않고, 그저 길을 비키라며 소리를 지를 뿐이었다.

　"나의 신원이나 이름 같은 것은 알 필요 없어. 나는 회장과 만날 일이 있어 왔다. 회장에게 전해."

　마츠오는 말을 끝낸 뒤 경호원의 어깨를 밀치며 비아냥거리듯 말했다.

"너희들은 도대체 저딴 놈을 왜 보호하려고 드는 거지? 돈만 받으면 어떤 놈이든 상관없다는 거냐! 돈은 얼마든지 줄 테니 차라리 내 철공소에 와서 일을 하는 게 어때?"

마츠오에게 술 냄새를 맡은 경호원 무리 중 몇 명이 마츠오를 대낮부터 취한 취객으로 여겨 그를 맨션 밖으로 밀어내려 했다. 그러나 경호원 중 한 명이 다른 경호원들을 뒤로 물린 뒤 마츠오 앞에 섰다.

그는 마츠오의 행색을 살폈다. 그에게선 술 냄새가 풍기긴 했어도 태도나 걸음걸이는 흐트러지지 않았다. 마츠오는 재킷을 열어 자신의 앞에 있는 경호원에게 재킷 안쪽을 보여 주었다. 그러자 경호원의 낯빛이 변했다.

"전화로 확인해 보고 올 테니 기다리시오."

마츠오와 대치하고 있던 경호원은 그렇게 말하고 다른

경호원들과 함께 계단을 내려가 경비실로 향했다. 앞장섰던 경호원이 경비실 내에 있는 전화로 회장의 집에 전화를 걸었다. 신호가 울리자마자 회장이 전화를 받았다.

〈무슨 일이야?〉
"한 남자가 회장님을 만나러 왔다고 전해달라고 해서 전화했습니다."
〈멍청한 소리 하지 말고 당장 내쫓아 버려!〉

회장은 경호원의 대답을 기다리지도 않고 전화를 끊어버렸다. 경호원은 알고 있었다. 저 남자가 회장을 찾아온 손님이 아니란 것쯤은. 경호원은 무슨 생각인지 끊어진 전화를 한참이나 들고 있었다. 다른 경호원이 물었다.

"뭐라고 말했어?"
"당장 쫓아내라고 하는군."
"젠장, 그럴 줄 알았어. 자, 가자고."

다른 경호원들이 다시 계단을 올라 맨션을 향하려고 할 때, 전화기를 들고 있던 경호원이 그들을 막았다.

"가지 않는 게 좋겠어."

뒤꿈치를 돌려 계단을 오르려던 경호원들이 일제히 고개를 돌려 전화기를 들고 있는 경호원을 처다보았다. 전화기를 들고 있던 경호원은 전화기를 제대로 놓지 않고 통화 중 상태가 되도록 수화기를 뒤집어 놓았다.

"그게 무슨 소리야?"
"젠장, 이만하면 우리도 할 만큼 했잖아. 지금 전파를 타고 우리 모두가 생중계되고 있다고! 이 이상 얼굴 팔리는 짓거리는 못 하겠어."
"……."

그의 말에 다른 경호원들이 일제히 동요했다. 그들은 모두 너나 할 것 없이 침묵했고, 경호원 중 유독 앳된 얼굴을 한 남자가 조용히 침묵을 깼다.

"솔직히 제 친척 중 한 명도 회장에게 속아 있는 돈을 모두 바쳤다는 얘기를 들었어요. 저도 더는 내키지 않습니다."

앳된 남자의 말에 경호원들 사이에서 다시 침묵이 이어졌다. 더 이상 말은 없었지만, 그들 모두는 이미 속으로 느끼고 있었다. 그들에게는 회장을 지켜야 할 명분이 너무나도 약했다. 그 틈을 놓치지 않고, 회장과 통화했던 남자가 한마디 덧붙였다.

"그리고 아무리 돈을 받았다고는 하지만, 저딴 쓰레기 때문에 우리가 목숨을 걸 필요까진 없잖아? 저 남자, 진심이야."

8

젊은 아내는 바싹 마른빨래를 개며 TV 속 마츠오를 유심히 쳐다보고 있었다. 한눈에 봐도 취한 것이 느껴졌고, 행동이나 말투가 무례하기 짝이 없었지만, 묘하게 얼굴만은 어떤 사명감으로 가득했다. 좀처럼 TV에서, 그것도 이런 식의 생방송에서 볼 수 있는 인물은 아니었다.

아내가 건넛방에 있는 남편에게 큰 소리로 말했다.

"여보, 저 사람 좀 봐. 험상궂게 생겼네."
"뭐 하는 사람이지? 피해자 대표라도 되는 건가?"

아내의 부름에 TV 앞으로 와 앉은 남편이 맨션을 불쑥 쳐들어간 한 남자의 얼굴을 유심히 바라보며 말했다.

"글쎄. 피해자 대표면 저렇게 막무가내여도 되는 건가?"
"지금까지 너무 신사적인 것도 문제였다고 생각해, 난."

TV 속 남자는 경호원들과 대치하고 있으면서도 조금도 주눅 들지 않았고, 담배까지 피워 대며 자신만만하게 회장을 불러냈다. 경호원들이 회장에게 전화하겠다며 자리를 비우자 TV 속 남자는 더욱 과격하게 회장에게 소리쳤다. 남편은 그의 등장을 흥미롭게 지켜보고 있었다.

"신사적이라니?"
"저 정도로 불법을 저지른 악인에게 너무 합법적인 것 같아서. 이건 공평하지 않은 것 같기도 해."

아내는 묘하게 설득당한 얼굴을 하고 있었다.

"회장이 저지른 불법을 단순히 숫자로만 세어 보자고. 피해자가 5만 명이니, 못해도 5만 개 이상이라는 건데. 그럼 저 수많은 불법을 저지른 악인한테, 불법 한두 개쯤 저지르는 건 사실 아무 문제없는 것 아닌가."

남편은 자신이 뱉은 말을 곰곰이 곱씹듯 말을 아끼다

불현듯 무언가 떠오른 얼굴로 아내를 향해 말했다.

"예를 들어, 저 남자가 사기꾼을 죽여주기라도 하면 꽤 통쾌할 것 같지 않아?"

9

　마츠오는 경호원들이 계단을 내려가자, 그들이 돌아오는 것을 기다리지 않고 곧장 회장의 집 앞으로 향한 뒤 현관을 등지고 취재진을 향해 정면으로 돌아섰다. 돌아선 그를 향해 카메라 플래시가 동시에 터졌고, 기자들이 순서 없이 질문을 퍼부어 댔다.

　마츠오는 터지는 카메라 플래시와 질문 공세 속에서 정신이 아득해졌는데, 나쁘지 않았다. 그가 결코 받을 수 없지만, 꼭 한 번은 경험해 보고 싶은 스포트라이트였다. 그는 머릿속을 새하얗게 비우고, 잠시 이 순간을 만끽했다.

　번쩍이는 플래시는 그저 빛의 점멸일 뿐이었지만, 플래시가 터질 때마다 그의 머릿속으로 그가 지금껏 보았던 뉴스 화면과 앵커의 목소리가 전송되는 듯 느껴졌다.

어느새 기자들이 질문하는 목소리가 서서히 잦아들었고, 그는 마치 문 하나를 사이에 두고 회장과 단둘이 마주 서 있는 듯한 고립감에 사로잡혔다. 머릿속엔 누군가가 써 준 대본처럼 선명한 한 줄이 떠올랐고, 그의 입은 제멋대로 말을 뱉었다.

"나는 피해자들에게 부탁을 받아 회장을 죽이러 왔다."

말을 마친 마츠오는 그가 철공소에서 챙겨 온 쇠 파이프로 회장의 철문을 내리치기 시작했다. 그리고 동시에 소리쳤다.

"이제라도 늦지 않았어! 말할 기회를 줄 테니 지금이라도 나와!"

마츠오의 등장으로 현장의 분위기는 완전히 뒤바뀌었다. 문을 내리치는 둔탁한 소리와 그 소리에 깜짝 놀란 인근 주민들의 목소리가 뒤섞였다. 기자들은 눈을 부릅뜨고 이 장면을 두 눈에 담고 수첩에 기록했다. 그들의 눈동자가 전에 없이 빛났다. 기자들에겐 이런 장면이 필요했다. 자신들의 펜 끝에서 만들어 낸 이 사회적 분노가 눈앞에서 체화되어 나타나자, 그들의 비정상적이고 맹목적인 취재는 이제야 당위성을 얻었다.

세상이 만약 커다란 호수라고 한다면, 지금까지는 파문이 일기 전 잔잔한 물결 같았다. 회장은 파문을 일으키기 위해 준비된 적당한 크기의 돌멩이였다. 저 잔잔한 호수가 마음에 들지 않는 마츠오는 이제 곧 저 커다랗고 평온하기만 한 호수에 돌멩이 하나를 힘껏 던질 참이었다. 그리고 나서, 솔직히 이 세상이 어떻게 되든 마츠오는 아무래도 상관없었다.

유례없는 상황 앞에서 기자들은 그 어느 때보다 뜨거워졌으나, 반대로 무겁게 침묵했다. 너나 할 것 없었다. 그들은 모두 서로 사전에 모의라도 한 것처럼 숨죽였다. 이 남자를 말려야 한다면 지금뿐이겠지만, 누구 하나 이 남자를 말릴 생각을 하지 않았다. 펜이 종이를 가르며 만들어 내는 마찰음만이 가득했다. 그들은 이 침묵과 펜으로 조용히 마츠오에게 부추기고 있었다.

고급 주택가에 위치한 고급 맨션은 이제 한 번도 생각한 적 없는 압도적인 무질서에 함락당했다. 현관문과 쇠파이프가 부딪히며 만들어 내는 강렬한 파열음이 한낮의 도심을 사정없이 뒤흔들어 깨웠다.

멀리 어디선가 낮잠에서 깬 어린 여자아이의 울음소리가 들렸다.

10

　사건이 발생한 지 1년 뒤, 판사는 "그 많은 노인들이 악랄한 사기 행각에 의해 희생되었다는 사실에 대한 의로운 분노의 표출"과 "알코올의 기세에 의한 살인"이라고 사건의 전모를 밝히며, 마츠오에게 비교적 짧은 형량을 부과했다. 여기서 언론은 마츠오의 짧은 형량과 함께 판사가 판결문에서 사용한 "의로운 분노"라는 단어에 주목했다.

　마츠오는 법원에서 의로운 분노라는 단어를 듣자마자 자기도 모르게 피식 웃었다. 그리고 그 장면은 얄궂게도 카메라에 찍혀 신문에 실렸다.

11

 마츠오는 계속해서 현관을 내리치며 소리쳤지만, 문 안쪽은 여전히 기척 없이 고요했다. 이렇게 해서는 결말이 나지 않을 것 같았다. 이윽고 그는 손에 쥐고 있던 쇠파이프를 바닥에 던져버렸다. 회장은 결코 제 발로 걸어 나오지 않을 것이란 걸 이미 짐작하고 있었다. 오히려 이 일련의 소란을 계기로 회장은 더욱 깊은 곳으로 숨어들었을 것이다. 여기까지는 마츠오도 예상하였다. 이제 모든 시선이 오로지 자신에게만 향해 있었다. 기자들은 숨죽이고 마츠오를 지켜봤다. 때가 왔음을 느꼈다.

 마츠오는 고개를 돌려 침착하게 호흡하며 기자들을 훑어보았다. 그와 눈이 마주친 기자들의 눈동자가 알 수 없는 기대감으로 흔들리고 있었다. 이 깊은 정적 속에서 마츠오는 무한에 가까운 충동을 느꼈다. 기자들은 오로지 눈빛만으로 마츠오의 등을 떠밀고 있었다. 마츠오의 귓가에 누군가의 목소리가 들리는 듯했다. 아까 철공소에서 대화했던 그 기자의 목소리와도 닮아 있었다.

⟨시시해. 이렇게 끝낼 셈이야?⟩

환청인가, 마츠오는 귀를 손바닥으로 두드려 보았다. 술이 과했던 것일지도 몰랐다. 그렇게 마츠오가 자신을 의심한 순간 다시 한 번 목소리가 들렸다.

⟨더 대단한 건 없어? 겨우 이러려고 여기까지 왔던 거야?⟩

마츠오는 아까 자신과 대화한 기자가 이곳에 있는지 기자들의 얼굴을 주의 깊게 살폈다. 그러나 취기 때문인지, 그가 쳐다보는 모든 기자의 얼굴이 아지랑이 핀 듯이 일그러져 있었다. 기자 하나하나가 모두 철공소에서 만난 기자와 같았다. 저 중에 있는 건가? 마츠오는 조금 더 생각하려다 그만두었다. 솔직히 누구의 것이든 상관없었다.

기자들의 손이 분주했다. 그들은 각자의 수첩에 무엇인지 알 수 없는 문장을 계속해서 휘갈기고 있었다. 기자들은 뾰족한 펜을 칼처럼 휘둘렀고, 그들이 쥔 수첩은 피해자처럼 난도질당하고 있었다. 마츠오는 기자들의 펜과 수첩이 자신의 손에 쥐어진 투박한 쇠 파이프와 종이처럼 구겨진 현관문과 겹쳐 보였다. 날카로운 펜에 비하면 이 쇠 파이프는 얼마나 둔탁한가. 그는 갑자기 자기 손이 초라하게 느껴졌다.

"아니. 이제 잘 봐, 내가 뭘 할지."

결심이 선 듯 단호한 표정으로, 그는 현관문 옆에 있는 작은 환기용 창문을 사정없이 발로 걷어차기 시작했다. 알루미늄 재질의 창틀은 힘없이 찌그러지다 곧 완전히 부서지고 말았다. 마츠오는 일전에 경호원들에게 보여주었던 그 품에서 칼을 꺼냈다. 기자들의 눈이 번쩍였다.

"아무도 따라오지 마시오."

마츠오가 깨진 창문을 통해 회장의 집으로 들어갔고, 그의 뒤를 쫓듯 카메라 렌즈가 뒤따라 창문 안을 파고들었다. 카메라 렌즈가 닿지 않는 사각 어딘가로 마츠오가 성큼성큼 걸어갔고, 곧이어 회장의 비명이 들렸다.

12

"어머나! 저게 뭐야!"

청소를 하며 TV를 보던 주부가 소리쳤다. 대여섯 살 된 그녀의 아이가 그녀 곁으로 소리치며 달려왔다.

"엄마! 무슨 일이야?"

그녀는 아이가 자신의 옆자리에 앉아 TV를 보려 하자 서둘러 아이의 눈을 손으로 막았다.

돌발상황에 TV 속 앵커도 당황한 기색이 역력했지만, 표정만큼은 평정심을 유지하려고 애쓰고 있었다. 곧이어 앵커는 누군가의 지시에 고개를 끄덕인 뒤 침착하게 말했다.

"가정에서 아이들과 함께 TV를 시청하고 계시는 분들이 있다면, 특별히 시청에 주의해 주시기를 바랍니다. 아이들에게는 부적절한 장면이 방송되고 있으니, 화면을 보여주지 마세요."

13

    이날의 생중계를 기억하는 사람들은 기자들과 방송국을 비난했다.

    설령 희생자가 희대의 사기꾼이라 할지라도 겨우 문 하나를 사이에 두고 사람이 죽어 나가는 현장에서 그 수많은 취재진 중 누구 하나 회장을 구하기 위해 뛰어들지 않았기 때문이다. 아니, 그전에 칼을 든 남자가 살인을 선언한 뒤 살인을 위해 침입을 하는 동안에도 그 누구도 그를 제지하거나 말리지 않았기 때문이다. 회장이 악인이며 죽어 마땅한 사람이라는 여론도 만만치 않았지만, 그것이 윤리적으로 옳은 것인가에 대한 논의는 별개의 문제였다.

    그 당시 사건 현장에 있던 기자들은 언론으로부터 역으로 질문을 받았다. 어째서 살인 현장에서 가만히 지켜보고만 있었는지. 그들은 도저히 어떻게 할 수 없는 상황이었다고 얼버무려 답했다. 그날 살인 생중계를 지켜봤던 대중은 기자들이 특종에 미쳐 살인을 그저 방관했다며 그들을 손가락질했다.

물론 반대의견에도 어느 정도 힘이 실린 것은 사실이다. 죽어 마땅한 범죄자였으므로 사적 제재로서 회장의 죽음을 반기는 자들도 적지 않았다. 솔직히, 회장이 사회에 준 충격과 피해에 비해 가벼운 형량을 선고받을 가능성도 있었기 때문에, 오히려 잘된 일이 아니냐는 의견도 결코 소수 의견은 아니었다. 그들 사이에서는 은밀한 호응이 기저에 깔려 있었다.

어느 쪽도 옳지 않고, 어느 쪽도 틀리지 않았다. 이것은 애초에 마츠오가 원하던 바이기도 했다. 그는 돌멩이 하나를 던졌고 파문은 호수 중앙에서 호수 끝까지 번졌다. 사람들은 파문을 기억할 때 그 돌멩이를 던진 사람도 함께 기억할 것이다.

14

"살려줘!"

 마츠오가 창문을 통해 회장의 집으로 들어간 뒤, 얼마 지나지 않아 회장의 비명이 맨션 가득 울려 퍼졌다. 그러나 기자들과 방송국의 취재진, 그 누구도 움직이지 않았다. 기자들은 살인 현장을 취재 중이었다. 오히려 카메라맨들은 보이지 않는 집 내부까지 촬영하기 위하여 마츠오가 들어갔던 그 창문 깊숙이 카메라를 밀어 넣기까지 했다.

 회장의 집 내부에선 가재들이 무너지고 가구들이 바닥에 널브러지는 소리가 들렸고, 회장의 비명과 신음이 교차했다.

 "누구라도 좋으니 나를 구해줘!"

기자들과 카메라맨들의 시선이 은밀히 오갔다. 여전히 그들은 아무도 움직이지 않았다. 정말로 기이한 광경이었다. 알 수 없는 무언가에 떠밀리듯 누군가가 살인을 저지르고 있고, 죽임을 당하는 사람이 살려달라고 애원하는 비명 속에서 조용히 카메라 셔터가 터지고 볼펜이 종이 위를 미끄러지는 소리는 잔인하지만 조화로웠다.

15

마츠오는 10년을 감옥에서 보냈다.

그의 수감 생활이 어떠했는지는 알려진 바가 거의 없다. 그리고 그 10년 동안 그는 사람들의 뇌리에서 서서히 사라져갔다. 10년 전 세상을 완전히 뒤집어 놓았던 사건의 당사자였던 그가 다시 사람들에게 회자된 것은 그가 출소 후 한 방송사와 진행한 인터뷰 때문이었다.

16

달칵-

 회장의 비명이 잦아들고 잠시 후 현관문이 열렸다. 기자의 시선과 카메라 렌즈가 일제히 현관을 향했다. 마츠오는 회장의 피를 뒤집어쓴 채 나타났다. 그는 한 손에는 그가 사용한 칼을 쥔 채, 나머지 한 손으로는 피투성이가 된 회장의 시신을 현관 입구까지 질질 끌고 나타났다. 카메라 셔터가 파티의 조명처럼 쉬지 않고 터졌다.

 마츠오는 대충 회장의 시신을 현관 어딘가에 내팽개치고 카메라 앞에 섰다. 넘치도록 터지는 플래시가 시야를 방해했다. 그는 칼을 바닥에 던져버리고 양손으로 두 눈을 감쌌다. 그가 다시 손을 거두자, 시야가 선명했다. 그는 쉴 새 없이 돌아가는 카메라와 터지는 플래시, 자신의 앞에 늘어서 있는 기자들 사이에서 안도감과 성취감을 동시에 느꼈다.

"내가 범인이다. 어서 경찰을 불러."

한 기자가 소리쳤다.

"누구 경찰에 신고한 사람 있어?"

놀랍게도 경찰에 신고한 사람은 아직 아무도 없었다. 머뭇거리는 기자들 무리 속에서 한 사람이 경비실 방향으로 뛰어나갔고, 그것을 신호 삼아 현장의 기자들과 카메라맨들이 일제히 회장의 집으로 삼켜지듯 사라졌다.

나중에 알려진 사실이지만, 회장은 총 13군데나 칼에 찔렸고, 심지어 얼굴에도 칼에 찔린 상처가 있었다고 한다. 그리고 기자들과 카메라맨들이 칼에 찔린 회장의 사진을 여과 없이 렌즈에 담는 그 순간에도 회장은 살아 있었다.

얼마 후 도착한 구급차가 회장을 가까운 응급실로 이송했지만, 회장은 응급실에 도착하자마자 숨을 거두고 말았다. 복부의 상처가 결정적이었고, 최종 사인은 과다출혈이었다.

마츠오는 모든 기력이 온몸에서 빠져나간 듯 기진맥진했다. 그는 어깨를 늘어뜨리고 천천히 맨션 밖으로 걸음을 옮겼다. 어차피 도망칠 생각은 없었다. 그저 그는 자신이 해야 할 일을 완수하고, 그가 더 이상 이 맨션과, 이 현장에 어울리지 않는 사람이 되었다는 생각에 이 장소를 벗어나려는 것뿐이었다.

경비실에서 경찰에게 신고를 마치고 돌아온 그 기자가 마츠오를 발견하자 그에게 다가가 물었다.

"범행의 동기가 무엇입니까?"

마츠오는 기자의 물음에 한동안 말을 꺼내지 못했다.

아직 범행의 동기까지는 생각하지 못했다.

"내일이면 알게 될 거야."

그는 대충 얼버무리고 자리를 벗어나려고 했다. 그러나 끈질기게 달라붙는 기자에게 그는 돌연 한 가지 생각이 떠올라 그 자리에서 걸음을 멈추고 기자에게 말했다.

"나는 그저 저 회장이란 자가 하는 짓이 마음에 안 들었을 뿐이야. 정말, 그게 전부야."

17

"마츠오 씨. 당신은 10년 전 생중계된 살인사건에 대해 누군가의 교사가 있었다고 주장했습니다. 당신에게 살인을 교사한 자가 누구입니까?"

마츠오의 살인이 너무나 잔인하고 충격적이었던 탓에 대다수의 사람들은 그가 회장과 원한 또는 금전적으로 직접적인 관계가 있으리라 추측했다. 그러나 마츠오는 죽은 회장과 회장에 의해 피해를 입은 피해자들과도 어떤 관계도 없었다. 마츠오는 살인 직후 마지막 기자와의 짤막한 인터뷰에서 그저 회장이 마음에 들지 않았다고 말했지만, 그 말을 문자 그대로 믿는 사람은 거의 없었다. 대개 이 경우 호사가들에 의해 수많은 소문이 만들어지곤 했다. 이런 탓에 마츠오는 이 사건을 입막음해야 하는 누군가로부터 사주를 받은 전문 청부업자가 아니냐는 의혹까지 받았다. 그는 구태여 세간의 의혹에 대해 일일이 해명하지 않았다.

마츠오는 그날의 진실에 관해 묻는 기자의 질문에 눈을 감고, 다시 그날의 맨션으로 돌아간 듯한 아득함을 되새김질했다.

"살인 교사가 있었냐고? 물론이지."

마츠오는 고개를 숙이고는 킥킥거리기 시작했다. 그러고 곧 어깨를 들썩일 정도로 크게 웃었다. 마치 참으려고 애를 써도 도저히 참을 수 없이 새어 나오는 웃음 같았다. 그렇게 마츠오가 한참을 웃고 있는 동안 기자는 아무런 말도 하지 않고 그저 묵묵히 마츠오를 지켜보고 있었다.

마츠오의 어깨가 더 이상 움직이지 않고 웃음소리도 완전히 잦아들자, 그는 돌연 고개를 치켜들고 카메라를 똑바로 쳐다보며 손가락으로 렌즈 너머를 가리켰다.

"바로 당신들."

4부

거기에
내려놓으시면
안 돼요

시한이 눈을 뜨자 한 남자가 눈에 들어왔다.
코를 찌르는 술 냄새. 남루한 행색의 그 남자는
침대에 누워 죽음을 기다리는 듯했다.
그리고 마치 1년 전 그날처럼 옹알이를 하고 있었다.

시한은 뭔가에 홀린 듯 조금씩 천천히,
노숙인의 입가로 귀를 가져가 보았다.
옹알거리던 그 목소리가 점점 형태와 윤곽을 갖기 시작하더니,
이윽고 완전한 문장이 되어 시한의 귀에 맴돌았다.

1년 전 그날, 시한은 그 옹알거리던 남자의
목소리에 귀를 기울였어야 했다.

1

 시한은 눈앞의 노숙인을 보며 꼼짝하지 않고 가만히 굳어 있었다. 그는 지시대로 따라야 하는지, 그것이 옳은 일인지 고민하지 않을 수 없었다. 오늘은 유독 추운 날이었다. 한파특보가 있었고, 영하 10도를 웃도는 맹추위였다. 뉴스에서는 체감 온도가 영하 20도가 넘는다고 보도했다.

 "뭐해? 빨리 해치우자."

 시한과 함께 상사의 지시를 이행하러 온 동료 직원이 말했다.

2

　택시 기사는 오늘따라 손님이 많지 않아 조급했다. 거리에는 이상하리만치 택시를 찾는 손님이 없었다. 이대로라면 오늘 하루는 차라리 쉬는 게 나을 정도였다.

　그는 요새 부쩍 피로감을 많이 느꼈지만, 그렇다고 별다른 수가 있는 것도 아니었다. 요령 없는 택시 기사가 손해가 나지 않는 유일한 비결은 부지런함뿐이었다. 솔직히 처음에는 비관도 했었지만, 이젠 택시에서 재미도 찾고 보람도 느끼고 있었다. 몇 번의 잘못된 선택과 단 한 번의 실수를 했을 뿐인데, 그는 사업 실패와 함께 큰 빚을 지게 되었다. 그에겐 가족이 있었고, 무엇이든 해야만 했다. 그러나 빚더미에 앉은 중년의 남자가 새롭게 시작할 수 있는 일은 마땅치 않았다. 그가 새로 시작할 수 있는 일은 그나마 평생에 걸쳐 했던 운전 외에는 딱히 찾기 어려웠다.

기사는 빈 택시 안에서 종종 노래도 끈 채 멍하니 운전대를 잡고 도로를 응시하며, 과거를 회상하기도 했다. 그럴 때마다 가슴이 심하게 답답하다 반대로 터질 듯 심장이 뛰었다. 몇 번은 갓길에 차를 세우고 심호흡을 해야 할 정도였다.

오늘 허탕을 치게 된다면 당장 사납금이 걱정되었다. 기사는 교대 전까지 어떻게든 장거리 손님 몇 명을 태워 오늘 하루를 기분 좋게 마무리하고 싶었다. 마침 하늘이 그를 돕는 듯, 멀리 두 명의 남녀 손님이 그의 택시를 발견하고 손짓했다. 손님들은 어디 여행이라도 가는지 커다란 짐가방과 함께였다. 기사는 그들 앞에 택시를 정차하고 그들의 짐 가방부터 트렁크에 실었다. 택시에 타자마자 남자 승객이 다급한 목소리로 말했다.

"공항버스를 놓쳤어요. 비행기 시간에 맞춰 공항에 가야 하는데 좀 서둘러 가주세요."

기사는 속으로 호재를 불렀다. 오늘 하루 종일 허탕 친 걸 단숨에 만회할 수 있는 거리였다.

찬 공기를 가르며 택시가 공항을 향해 출발했다.

3

 기차역 대합실에 노숙인이 있다는 신고를 받고 출동한 시한과 그의 동료는 상사로부터 노숙인을 밖으로 끌어내라는 지시를 받았다. 대합실에 노숙인이 있어 미관상 보기 좋지 않고, 노숙인을 불편해하는 다른 이용객들의 민원을 해결하기 위해서였다.

 노숙인은 시한과 그의 동료가 다가갈 때까지 미동도 하지 않았다. 가까이 다가가자 술 냄새가 코를 찔렀다. 아무래도 술에 찌들어 정신을 잃고 쓰러져 잠든 것 같았다. 시한은 우선 노숙인에게 다가가 큰 소리로 말을 걸며 어깨를 흔들었다.

 "아저씨! 일어나 보세요! 아저씨!"

 노숙인의 얼굴이 천장과 바닥을 번갈아 닿을 정도로

강하게 흔들었지만, 노숙인은 일어나기는커녕 실눈조차 뜨지 않았다. 오히려 알아들을 수 없는 옹알이 같은 것을 하며 시한의 팔을 쳐내기까지 했다. 동료는 그럴 줄 알았다는 투로 웃으며 말했다.

"거봐, 소용없다고 했잖아."
"어떡하지?"
"어떡하긴."

동료는 노숙인의 머리 방향으로 이동해 두 손을 불쑥 노숙인의 양 겨드랑이 사이로 찔러넣었다.

"들자."

시한은 노숙인의 두 다리를 잡았다. 하나, 둘, 셋. 둘은 구령에 맞춰 힘주어 일어났고, 노숙인은 무력하게 그들에 의해서 들려졌다. 시한과 동료는 중간에 노숙인을 바닥에 떨어뜨리지 않도록 조심하며 잰걸음으로 조금씩 이동했다. 두 사람은 노숙인을 역 입구까지 들고 가 방풍문 주변 대리석에 그대로 눕혔다.

4

뒷좌석의 남자 승객은 계속해서 휴대전화로 시간을 확인했다. 입을 열어 말을 하지는 않았지만, 시간이 빠듯해 초조한 듯했다.

"비행기 시간이 언제죠?"

남자 승객은 비행기 시간을 기사에게 말했고, 기사는 내비게이션을 통해 남은 거리와 비행기 시간, 그리고 탑승수속 시간을 얼른 머릿속으로 계산해 보였다. 그는 액셀을 조금 더 밟으며 말했다.

"비행기는 놓치지 않을 테니 안심하세요."
"네, 부탁 좀 드립니다."

남자 승객은 허허, 웃으며 기사의 배려에 감사를 표시

했다. 그래도 미덥지 않은지 시간을 확인하는 것만은 멈추지 않았다. 기사는 룸미러를 통해 남자와 여자를 살폈다. 초조해하는 남자와 달리, 여자는 무슨 이유인지 알 수는 없어도 단단히 화난 것만은 분명해 보였다. 팔짱을 낀 채로 창밖을 보며 미동도 하지 않았다. 남자는 시간을 보는 와중에도 여자의 눈치를 살폈다. 아무래도 공항버스를 놓친 건 남자 쪽의 실수인 모양이었다.

두 남녀가 만드는 긴장감 때문인지, 기사는 택시 안 공기가 무겁고 답답하게 느껴졌다. 기분 탓인지 정말 그런 것인지 모르겠지만, 숨을 쉬기 어렵다고 느낄 정도였다. 창문이라도 열었으면 했지만, 한겨울 한파가 몰아치는 와중에 창문을 열 수는 없는 노릇이었다. 기사는 화제를 돌리기 위해 남자 승객에게 말을 걸었다.

"여행이라도 가시나 보죠?"
"아, 네."
"해외, 국내. 어디로 가시나요?"

"해외로 갑니다. 따뜻한 나라로."
"부럽군요. 요새 그렇지 않아도 너무 춥던데 말이에요."

기사는 계기판에 표시되는 외부 온도를 확인해 보았다. 기온이 영하 10도가 넘었다. 하루 종일 차 안에만 있었던 탓인지, 오늘 한파가 있다는 일기예보를 보긴 했어도 이 정도의 기온이라고는 생각하지 못했던 기사는 사뭇 놀랐다.

"오늘은 유독 추운 것 같네요. 택시 잡느라 많이 기다리셨나요?"
"아뇨, 마침 기사님이 보여서 금방 탔습니다. 아마 조금만 더 밖에서 기다리고 있었으면, 추워서 얼어 죽었을지도 몰라요."

5

 역무실로 돌아온 시한은 다시 평소처럼 업무에 열중했다. 중간중간 노숙인이 떠오르긴 했지만, 그로서는 어쩔 수 없는 일이었으므로 노숙인이 떠오를 때마다 자신을 합리화했다. 게다가 아예 외부도 아니고 출구와 방풍 문 사이 공간이니, 바람은 어느 정도 막아줄 것이다.

 얼마 후, 역무실로 민원 전화가 걸려 왔다. 시한이 전화를 받자 한 시민이 불평을 늘어놓기 시작했다.

 "역 출구에 노숙인이 쓰러져 있는데, 술 냄새도 나고…… 어떻게 좀 해줘요."

 시한은 전화를 끊고 팀장을 찾았지만, 팀장의 모습이 보이지 않았다. 잠시 다른 볼일 때문에 자리를 비운 것 같았다. 아까 자신과 함께 노숙인을 옮겼던 동료도 자리를 비운 상태였다. 시한은 어쩔 수 없이 혼자 노숙인이 있는 역 출구로 향했다.

6

  기사는 조금 후회했다. 가볍게 분위기를 환기하려 했던 것이 오히려 역효과가 난 것 같았다. 뒷좌석의 남녀가 말다툼하기 시작한 것이었다. 택시 안은 더욱 갑갑하게 느껴졌다. 남자 승객은 기사의 말에 조금 긴장을 풀었는지 살짝 웃으며 대답했는데 아무래도 그게 화근이었다. 기사와 남자의 대화에 끼지 않고 묵묵히 듣고만 있던 여자는 피식 웃으며 대화에 불쑥 난입했다.

"얼어 죽어? 그걸 알면서 늦게 나오면 어떡해?"
"말을 왜 또 그렇게 해. 내가 아까 충분히 사과했잖아."
"사과하면, 시간이 다시 되돌려지기라도 해?"

  남자는 복받쳐 오르는 화를 간신히 누르며, 양손으로 얼굴을 감쌌다. 남자의 목소리가 미세하게 떨렸다. 겨우 중심을 잡고 한 걸음씩 나아가는 아슬아슬한 줄타기처럼 남자의 평정심이 위태롭게 느껴졌다.

"넌 말을 그런 식으로밖에 못해?"
"내가 뭘? 그게 싫으면 제대로 일찍 나왔으면 됐잖아."

기사는 의도가 어찌 되었든 간에 괜한 오지랖을 부려 이 싸움에 일조한 것 같아 마음이 불편했다. 점점 높아지는 언성에 기사는 어지러움을 느꼈다. 좁은 택시 안에서 남녀가 주고받는 계통 없는 감정적 단어들이 기사를 어지럽게 하고 있었다. 기사는 도망치지도, 그렇다고 볼륨을 줄일 수도 없었다.

"비행기 티켓부터 숙소까지, 내가 다 할 동안 넌 뭐 했는데? 내가 준비하면서 고생한 건 안중에도 없고, 겨우 오늘 하루 늦은 거 가지고 이러면 안 되는 거 아니야? 넌 양심이란 게 없지?"
"아, 여행 준비 좀 한 게 그렇게 억울했어? 안 가! 안 가면 되잖아!"

택시 안 공기가 점점 승객들의 감정의 온도에 맞춰 뜨겁고 습하게 느껴졌다. 기사는 핸들이 순간 녹아 흘러내리는 듯한 느낌을 받았다. 핸들을 잡은 양손의 감각이 이상했다. 핸들의 강도가 느껴지지 않았고, 땀으로 홍건해 손이 자꾸 핸들에서 미끄러져 빠질 것 같았다. 어지러움은 점점 더 심해지고, 심장은 비정상적일 정도로 빠르게 뛰었다. 공기가 무거워 택시 바닥으로 전부 가라앉은 듯 숨쉬기가 곤란했다. 기사의 얼굴은 새파랗게 질려 있었다.

"그래, 가지 말자. 환불하자고, 비행기고 호텔이고 전부 다."
"네, 그러세요. 마음대로 하세요. 기사님, 저 여기서 좀 세워주세요."

기사에게서 대답이 나오지 않았다. 두 사람은 기사의 대답 여부와 관계없이 계속해서 언쟁했다. 먼저 이상한 것을 느낀 것은 남자 쪽이었다. 전면 창을 통해 택시가 점점 차선을 침범하며 주행 중인 사실을 발견한 것이었다. 남자는 전면 창을 본 뒤 바로 기사의 어깨를 손으로 짚은 뒤 기사를 불렀다.

"저기요? 기사님?"

기사는 대답 없이 운전석에서 움직이지 않았다. 남자는 기사의 어깨에 짚은 손끝으로 본능적인 하나의 직감이 느껴졌다.

"기사님! 일어나세요!"

여자가 갑작스러운 남자의 고함에 깜짝 놀라 소리쳤고, 그와 동시에 기사의 머리가 핸들 중앙으로 떨어졌다. 기사의 머리에 눌린 자동차 클랙슨이 길게 꼬리를 물며 시끄럽게 울렸다. 그 와중에도 택시의 속도는 줄지 않았고, 택시는 기어이 앞차와 추돌하고 말았다.

7

 노숙인은 시한과 그의 동료가 옮긴 그 자리에 그대로 정신을 잃고 누워 있었다. 노숙인의 바지는 엉덩이 아래까지 흘러 내려와 있었는데, 아까 시한이 다리를 잡고 그를 들었을 때 흘러내린 그대로였다. 시한이 노숙인에게 가까이 다가갔음에도 여전히 그는 미동도 하지 않았다. 다만 노숙인은 무언가 알아들을 수 없는 옹알이 같은 것을 계속해서 내뱉었는데, 술 냄새가 너무나 지독해 시한은 그의 입 근처로 차마 얼굴을 가까이 댈 생각도 하지 못했다. 게다가 어차피 노숙인이 하는 말이 무슨 말인지 알아들을 수도 없을 것 같았다. 정상적인 의사 표시가 불가능한 상태로 보였다.

 우선은 민원을 먼저 해결해야 했다. 시한은 노숙인을 흔들어 깨워 스스로 움직이게 하거나 혼자서 그를 부축해 이동시키는 것은 불가능하겠다고 생각했다. 무언가 다른 수를 찾아야 했다. 역무실에 비치된 장애인용 접이식 휠체어가 퍼뜩 뇌리를 스쳤다. 시한은 역무실로 돌아가 휠체어를 끌고 와 어찌어찌 노숙인을 휠체어에 앉히는 데까지는 성공했다. 이젠 그다음이 문제였다. 노숙인을 어디로 옮겨야 할지, 어디로 옮겨야 더 이상 민원이 발생하지 않을지, 시한은 꽤 긴 시간 그 자리에서 고민했다.

생각나는 장소가 한 군데 있긴 했다. 시한은 휠체어에 태운 노숙인을 데리고 엘리베이터에 탄 뒤, 지하 1층으로 향했다. 지하 1층의 엘리베이터 옆 협소한 공간이 있었는데, 그나마 오가는 사람이 적어 눈에 덜 띄는 장소였다. 그 장소에서 어떻게든 노숙인이 정신을 차릴 때까지만 버텨보자는 생각이었다.

지하 1층에 도착한 시한은 휠체어를 끌고 바로 옆 구석진 곳까지 이동했다. 그의 생각대로 확실히 사람이 많지 않은 장소였다. 시한은 구석진 곳에 휠체어를 고정한 뒤, 노숙인을 그곳에 다시 내려놓으려고 했다.

"아이고, 거기에 내려놓으시면 안 돼요!"

시한의 등 뒤에서 화들짝 놀란 듯한 중년 여성의 목소리가 들렸다. 시한이 뒤돌아보니, 역사 내부를 청소하는 청소 아주머니가 못마땅한 얼굴로 시한을 바라보고 있었다. 양손에 고무장갑을 끼고, 청소 도구가 가득 실린 수레를 끌며 시한에게 다가간 아주머니는 짜증 섞인 목소리로 시한에게 따지듯 말했다.

"아까 청소 다 한 곳인데, 여기 노숙인 아저씨를 두고 가면 어떡해요?"

시한은 아주머니의 사정을 이해하면서도 자초지종을 설명했다. 마지막에는 역사 미관상 어쩔 수 없으니 이해해달라는 말을 덧붙였다.

"여기는 미관상 중요하지 않다는 거예요?"

그러나 시한의 의도를 달리 해석한 청소 아주머니는 시한을 도리어 쏘아붙였다. 시한은 어떻게든 아주머니를 설득해 보려 했지만, 그럴수록 그녀는 점점 더 시한에게 목소리를 높였다. 나중에는 주변의 이목을 꽤 끌 정도로 소란스러워졌고, 여기서 더 이상 목소리를 높이며 말썽을 일으켜선 안 되겠다는 생각이 든 시한은 아주머니에게 사과하고 발길을 돌려야만 했다.

시한은 엘리베이터를 타고 다시 1층 대합실로 돌아왔다. 그는 노숙인을 어디로 옮겨야 할지 난감했다. 노숙인은 여전히 죽은 사람처럼 뻗어 있었다. 시한은 사고실험처럼 역사 내부 전체의 지도를 머릿속으로 그린 뒤, 이 노숙인을 특정한 장소로 옮겼을 때 벌어질 만한 일들을 시뮬레이션했다. 역사 내에 이 노숙인이 있어도 되는 장소는 없다는 게 그의 최종적인 결론이었다.

노숙인은 여전히 죽은 사람처럼 뻗어 있었다. 그가 숨을 쉴 때마다 술 냄새와 함께 고약한 악취가 응축되어 함께 뿜어져 나왔다. 이를 갈며 알아들을 수 없는 소리를 옹알대는 노숙인을 멍하니 지켜보던 시한은 드디어 한계에 다다랐다. 내가 왜 이런 사람 때문에 스트레스를 받으며 시간을 허비하고 있어야 하지?

시간을 너무나 많이 소비해 버렸다. 빨리 해치우고 역무실로 복귀해야겠다는 생각만이 시한의 머리를 가득 채웠다. 시한은 1층 대합실에서 주변을 쭉 둘러보았다. 이미 사고실험으로 역사 내 어디에도 노숙인의 자리가 없다는 사실은 알고 있었다. 노숙인을 옮겨둘 수 있는 곳은 이 넓은 기차역에서 오직 한 곳밖에 없었다.

시한은 출구 넘어 역전에 있는 광장을 바라보고 있었다.

8

 순식간에 벌어진 사고였다. 앞차를 들이박은 택시는 멈추지 않고 30여 미터를 더 주행한 뒤, 가드레일을 들이박은 뒤에야 겨우 완전히 멈췄다. 택시 내부는 총 2번의 충돌로 심하게 요동쳤고, 핸들에 머리를 박고 있던 택시 기사는 옆으로 흘러내리듯 쓰러졌다. 뒷좌석의 커플은 충돌 직전 몸을 잔뜩 웅크리며 충격에 대비해 다행히 큰 피해를 입지는 않았다. 마침 사고 택시는 서행할 수밖에 없는 시내를 통과 중이어서 속력 자체가 빠르지 않았다는 것도 천운이라면 천운이었다.

 사고 직전까지 말다툼하던 커플은 사고로 머리를 얻어맞기라도 했는지, 불과 몇 분 전의 상황은 완전히 잊어버린 것 같았다. 남자가 걱정스럽게 여자의 안부를 물었고, 여자는 거의 울기 직전의 얼굴로 남자 품으로 파고들었다. 남자는 머리를 쓰다듬으며 여자를 안정시켰다. 그러고 나서 남자는 마치 아무런 일도 없었던 것처럼 너무나 침착하게 여자에게 말했다.

"비행기 시간 얼마나 남았지?"

9

 시한은 노숙인을 데리고 출구 밖으로 나섰다. 방풍 문을 통과하자마자 한파의 매서운 찬바람이 두 사람을 덮쳤다. 시한의 얼굴은 순식간에 체온을 빼앗겨 따가울 정도로 시렸다. 시한은 점퍼 모자를 뒤집어쓴 후 다시 휠체어를 밀었다. 시한이 노숙인을 데리고 간 곳은 광장에 위치한 중앙계단의 기둥 바로 아래쪽이었다. 커다란 기둥 뒤쪽은 기둥에 가려져 중앙계단을 이용하는 이용객이 노숙인을 발견할 수 없는 구조였다. 게다가 외부이긴 하지만 기둥과 중앙계단의 구조물이 어느 정도 바람을 막아주고 있었다.

 시한은 노숙인을 기둥 옆에 내려놓았다. 노숙인은 본능적으로 온몸을 둥글게 말고 몸을 움츠렸다. 노숙인의 입에서 입김이 뜨거운 증기처럼 뿜어져 나왔다. 이때가 마지막이었다. 시한은 발길을 돌리기 전 노숙인을 다시

한번 눈으로 살폈다. 그때 어디선가 시한과 노숙인의 모습을 확인한 경비원이 둘에게 뛰어오며 소리쳤다.

"큰일 날 짓 하지 마시오!"

경비원은 시한을 향해 호통치듯 소리쳤다.

"아니, 사람을 여기에 내놓고 가면 어쩌자는 거요? 사람 얼어 죽일 일 있나! 얼른 데리고 다른 곳으로 가보시오!"
"역사 안은 민원 때문에 들일 수가 없습니다."
"그건 내가 알 바 아니고! 행여나 이 노숙자한테 무슨 일이라도 생기면, 광장 경비원들이 곤란해 진단 말이오. 얼른 다른 곳으로 옮기시오."

경비원은 손수 노숙인을 일으켜 세운 뒤 직접 휠체어에 앉히기까지 하며 시한에게 손사래를 쳤다.

"되도록 여기 광장이랑 관계없는 곳으로 옮겨 주시오.

솔직히 우리도 골치 아파요. 광장에 이상한 사람들도 많고, 별의별 일이 다 있잖소. 우리 사정도 좀 봐주시게."

시한은 경비원의 사정을 이해했다. 지금 여기까지 자신이 노숙인을 데리고 오게 된 것도 그만의 사정 때문이다. 경비원에게 왜 사정이 없을까? 청소 아주머니도 당연히 그녀만의 사정이 있었을 것이다. 자신의 구역에 더러운 노숙자가 있다면, 고과에 문제가 있을 수 있겠지. 노숙인을 보자마자 시한에게 들어 옮기자고 제안했던 동료에게도 사정은 있었을 것이다. 전입해 온 지 얼마 되지 않은 시한보다 당연히 경험이 많을 테고, 경험을 토대로 생각해 봤을 때 들어서 직접 옮기는 것보다 빠르고 확실한 해결책은 없었을 것이다. 모두 다들 각자의 사정이 있었다. 시한은 모두의 사정을 이해했다. 그래서 그가 선택할 수 있는 선택지는 점점 좁아져 갔다.

내부를 피해 여기까지 왔는데도 노숙인의 자리는 없었다. 민원을 받고 혼자 노숙인에게 향할 때까지만 해도 시한은 측은한 마음이 있어서 그래도 노숙인을 그나마 안전하고 몸은 덥힐 수 있는 장소로 옮긴 뒤, 노숙인이 정신을 차리고 나면 그에게 퇴거를 요청할 생각이었다. 그러나 이제 시한은 깨달았다. 자신이 꿈결 같은 소리나 하고 있었다는 것을. 이제 더 이상 이 노숙인 때문에 시간을 땅바닥에 던져버리고 싶지 않았다. 게다가 할 수 있는 최대한의 호의를 이미 베풀었다. 여기서 대체 무얼 더 어떻게 하라는 건지, 이제 시한은 알 수 없었다. 그의 머릿속을 가득 채운 단 한 가지 생각은, 민원도 받지 않고, 미관도 해치지 않으며, 경비나 관리인들에게 발견되어 난처한 상황을 만들지도 않는 그런 곳에 노숙인을 내려놓고 서둘러 역무실로 복귀해야 한다는 생각뿐이었다. 시한의 머릿속에 한 장소가 떠올랐다.

시한은 노숙인을 태우고 중앙계단에서 200미터쯤 떨어진 한 구름다리로 향했다. 그곳은 철도선로를 가로질러 건너갈 수 있도록 만들어진 다리로, 철로가 훤히 보이는 광장 끄트머리에 자리 잡고 있었다. 망설임 없이 목적지로 향한 시한은 구름다리 밑 그늘진 자리에 노숙인을 무심히 내려놓고는 역무실로 복귀했다.

10

　남자는 차에서 내려 운전석 쪽으로 이동했다. 여자는 아직 겁에 질려 있어 차에서 내린 뒤 몇 발짝 떨어진 장소에서 택시와 남자의 모습을 지켜봤다. 남자가 문을 열자, 기사가 허물어지듯 차량 밖으로 쓰러졌다. 기사는 완전히 의식을 잃은 것 같았다. 남자는 최후의 호의처럼, 기사를 흔들며 정신 좀 차려보라며 소리 질렀지만, 소용없었다. 창백한 얼굴의 기사는 어떤 말과 자극에도 반응조차 하지 않았다.

　몇 번의 시도에도 기사가 조금도 정신을 차릴 기미를 보이지 않자, 남자는 이제 자신이 무언가를 해야 할 타이밍이라고 생각했다. 그는 크게 숨을 내쉰 뒤 결심했다는 표정으로 운전석 안으로 손을 길게 뻗었다. 그리고 키 박스에 꽂혀 있는 자동차 키를 빼냈다. 택시 후미로 이동한 남자는 키 박스에서 빼낸 자동차 키로 트렁크를 연 뒤 캐리어를 꺼냈다.

"자기야, 비행기 시간 늦겠다. 빨리 가자."

남자는 여자를 향해 조용히 말했다. 여자는 조금도 고민할 필요 없다는 듯, 고개를 끄덕인 뒤 남자로부터 본인의 캐리어를 넘겨받았다. 마침 사고가 난 위치 뒤쪽에서 그들을 향해 한 대의 택시가 다가오고 있었다. 남자는 손을 앞으로 쭉 내밀어 손가락 2개를 펼쳐 보이며 소리쳤다.

"따블!"

사고가 난 지 5분 만에, 두 명의 승객은 아무 일도 없다는 듯 택시를 환승하듯 갈아타고 다시 공항을 향했다. 얼마 지나지 않아, 결국 택시와 추돌했던 앞차의 운전자가 정신을 차린 뒤, 쓰러진 기사를 확인하고는 119에 신고했다.

11

　시한이 노숙인을 구름다리 밑에 내려놓고 간 후 불과 몇 시간 뒤 경찰서에 하나의 신고가 들어왔다. 신고를 받고 출동한 경찰과 119구급대원들은 구름다리 아래에서 죽은 노숙인의 시체를 수습했다.

　노숙인의 사인은 동사가 아닌, 늑골의 다발 골절 및 폐 파열 등 흉부의 고도 손상이었다. 노숙인은 대합실에서 쓰러진 채 발견되었을 당시부터 이미 흉부에 심각한 손상이 있는 상태였고, 제때 부상을 치료하지 못한 채 방치되어 사망한 셈이었다. 검찰은 관련자와 목격자 진술을 토대로 시한을 노숙인의 죽음과 직접적 연관이 있는 가해자로 판단해 시한을 기소했다. 죄목은 '유기죄'였다.

　그리고 약 1년 후, 시한에게 '무죄'가 선고됐다.

선한 사마리안에게 환호와 찬사를 줄 순 있어도, 악한 사마리안에게 형벌을 부과할 순 없었다. 도덕의 문제를 법이 끌어안을 순 없었고, 시한의 행동은 법의 손 울타리 바깥의 문제였다. 역사의 공무원인 시한에게 있어 임무란 철도 안전이었다. 그에게 위험에 빠진 사람을 긴급 구호해야 하는 임무 같은 것은 없었다. 게다가 노숙인은 동사한 것이 아니었으므로, 시한은 노숙인의 죽음에 기여한 바도 없었다. 그는 그저 악한 사마리안일 뿐이었다. 이례적으로, 시한에게 무죄를 선고한 판사는 말했다.

"무죄를 선고하지만, 도덕적인 비난은 면치 못할 것이다."

12

　시한은 길고 괴로운 싸움 끝에 무죄를 받아 냈다.

　최종 판결이 있던 날, 시한은 염치없게도 자신의 무죄 선고에 안도와 기쁨의 눈물을 흘렸다. 그는 무죄 선고와 동시에 이 소식을 가장 먼저 들려주고 싶은 사람을 떠올렸다. 시한은 수차례 전화를 걸어 보았지만, 상대방은 전화를 받지 않았다. 부재중 전화가 10통 이상 누적되어 이제는 반쯤 포기했을 때, 시한은 한 통의 전화를 받았다.

　짧은 전화 통화가 끝난 후 시한은 누군가에게 얻어맞은 것처럼 멍하니 제자리에 서 있다가, 정신을 차리고는 전화가 걸려 온 병원을 향해 미친 듯이 차를 몰았다.

13

 남녀가 떠난 빈 택시에서 방치되어 있던 기사를 도운 건 아이러니하게도 택시에 의하여 추돌을 당한 피해 차량의 운전자였다. 운전자를 도와 몇 명의 행인이 기사를 택시에서 꺼내 도로에 눕혔고, 후행 차량에게 수신호로 우회를 유도하며 119를 기다렸다.
 한 시민은 기사가 호흡하지 않는 것을 알고 심폐소생술을 했다. 그의 심폐소생술은 119가 도착할 때까지 계속되었다.

 현장에 도착한 구급대원은 심폐소생술을 받고 있는 기사에게 가장 먼저 다가갔다. 기사는 이미 호흡과 심장 박동이 느껴지지 않는 상태였다. 기사는 즉시 구급차에 실려 인근 병원으로 이송되었다.

 병원까지는 고작 2km 남짓이었다. 그러나 너무 늦어

도리가 없었다. 기사는 병원에서 심정지로 결국 사망했다.

14

　응급실은 소독용 알코올 냄새가 진동했고, 여기저기 알 수 없는 이유로 이곳을 찾게 된 환자들의 신음과 몸부림으로 어지러웠다. 그 가운데 기사는 신음하지도, 몸부림치지도 않았다.

　기사의 머리맡에서, 시한은 조용히 아버지를 내려다보고 있었다. 아버지의 표정에서, 아직 완전히 걷히지 않은 마지막 순간의 고통이 남아 있었다. 시한은 가만히 아버지의 얼굴을 바라보고만 있었다. 아버지의 황망한 죽음 앞에, 어째서인지 시한은 울고 있지 않았다.

　병원에 도착한 시한은 기꺼이 병원까지 동행해 준 추돌 피해자 운전자에게 찾아갔다. 운전자는 자신이 알고 있는 모든 것을 시한에게 이야기했다. 그리고 마지막으로 한마디를 덧붙였다.

"이제 사람 목숨보다 비행기 놓치는 게 더 중요한 세상이네요."

어째서, 하필 오늘 이런 일이 벌어진 것인지 신세를 비관하기도 전에, 시한의 머릿속에서 빠르게 지난 1년의 소송이 떠올랐다. 1년의 세월이 몇 초로 압축된 것 같이 빠르게 시한의 뇌리를 스쳐 지나가자, 시한은 깨달았다.

아, 그들도 나처럼 무죄일 것이다.

시한은 아버지를 보며 도저히 마음 편히 울고 있을 수가 없었다. 어째서, 하필 오늘 이런 일이 벌어진 것인지 알 것도 같았다. 아버지의 죽음이 자신의 무죄 판결에 대한 반대급부나 심지어 대가처럼 느껴지기도 했다.

한순간, 알코올 향이 점점 강해지더니 얼마 후 이상하리만치 독하고 진한 향이 시한의 코를 찌르기 시작했다. 시한은 응급실 천장이 빙빙 도는 듯한 어지러움을 느꼈고, 잠시 눈을 감고 관자놀이를 양손 끝으로 누른 뒤 다시 눈을 떴다.

눈을 뜬 시한의 눈앞에, 아버지가 누워 있어야 할 침대에 1년 전 그 노숙인이 누워 있었다. 그의 코를 찌르던 알코올 향이 알코올 소독제 냄새인지 예의 노숙인에게 나던 술 냄새인지 분간할 수 없었다.

시한은 갑자기 1년 전 대합실로 돌아가 자신이 내다 버려 죽음에 이르게 한 노숙인과 마주하고 있었다. 노숙인은 침대에 누워 죽음을 기다리고 있었다. 침대에 누워 있는 노숙인이 1년 전 그날처럼 옹알이를 하고 있었다. 시한은 조금씩 천천히, 노숙인의 입가로 귀를 가져가 보았다. 1년 전 그가 해야 했던 일이었다. 시간이 너무 지난 후에야, 드디어 시한은 노숙인의 말을 들으려 하고 있다.

옹알거리던 목소리가 점점 형태와 윤곽을 갖기 시작하

더니, 이윽고 완전한 문장이 되어 시한의 귀에 맴돌았다.

"너에겐 안 일어나는 일인 줄 알았지?

작가의 말

 '제노비스 사건'을 접한 것은 오래전 우연한 계기였습니다. 그것도 한 권의 책에서 한 토막 정도로 인용된 짧은 요약 정도였는데 20살 무렵의 어린 저에게는 그 사건이 꽤 기괴하게 느껴졌던 모양입니다. 캄캄한 새벽에 많은 사람들이 아파트 창문을 통해 살해 현장을 목격하는 이미지가 머리에 각인이 되었고, 살해 현장을 숨죽이고 지켜보는 아파트 주민 한 명 한 명에게 각자의 이야기가 있을지도 모른다는 생각을 했습니다. 사람의 마음이란 불안하고 변덕스러운 것인데, 단 몇 줄로 현상을 요약하는 것이 신기하고 대단하면서 반대로 거부감이 들기도 했습니다.

 대학생 시절 우연히 보게 된 단편소설 공모전 포스터

를 보고, 제노비스 사건을 소재로 소설을 쓰게 된 것은, 단 몇 줄로 현상을 요약하는 것에 대한 이상한 거부감과 치기 때문일지도 모르겠습니다.

그래서 치기 어린 반항심으로 만든 소설을 10년도 더 지난 지금에 와서 다시 꺼내게 된 데에 부끄러움이 가장 앞서지만, 또 한 편에는 기대와 설렘도 자리 잡고 있습니다.

여기에 실린 4편의 작품은 모두 실제 사건을 소재로 만들어진 소설이지만, 사실로서가 아니라 오로지 허구의 소설로서만 가치를 가집니다. 제노비스 사건 또한 세간에 알려진 것과 실제 전모는 매우 달랐고, 현재는 과장된 뉴스나 오보의 예시로 사용될 정도입니다. 따라서 정정되기 전 제노비스 사건을 다룬 1편의 소설뿐 아니라 여기에 실린 4편 모두 실제 있었던 사건에서 그 소재만 빌려왔을 뿐 완전한 허구의 소설일 뿐이라는 사실을 다시 한번 분명히 밝힙니다. 당연히 실제 사건을 떠올릴 수는 있겠지만, 어떠한 경우라도 허구가 사실을 대체하지 않기를 바랍니다.

제가 일인칭으로 살아가듯 다른 모든 사람들도 저와 같이 일인칭으로 살고 있다는 사실이, 때때로 신기하게 느껴지곤 합니다. 제가 당연하게 생각하고 받아들이는 것이 누군가에게는 기이하거나 절대로 수용할 수 없다는 사실을 이해할 수 없는 시기도 있었습니다. 그 사람의 시선과 생각이 저와 일치하지 않다는 것을 알고 있지만, 어쩔 수 없이 부딪히고 언쟁도 하곤 했습니다. 세상사 모든 것에 옳고 그름이 분명히 존재하고, 신념이나 가치관도 길이나 무게처럼 잴 수 있는 것들이라고 믿었던 것 같기도 합니다.

아직 속 깊은 사람이 되지는 못했지만, 그래도 이제 취향에도 고저가 있다거나 반드시 하나의 텍스트에 하나의 해석만이 존재한다는 식의 젠체하는 사람에서는 벗어난 것 같습니다. 때문에 여기에 실린 각각의 이야기가 반드시 하나의 방향으로만 읽히거나 해석되길 원하지 않습니다. 반드시 무언가를 깨닫거나 거창한 교훈을 얻어가길 바라지도 않습니다.

다만 바람이 있다면, 일인칭으로 사는 각자가 개인의 방식대로 읽고, 개인의 방식대로 해석하길 바랍니다. 만약 여기서 얻어갈 게 있다면, 그리고 그것이 각자의 삶을 조금이라도 풍요롭게 할 수 있다면, 그것만으로 충분히 만족합니다.

2022년 5월
지난

누가 제발 이 버스 좀 멈춰주세요

초판 1쇄 인쇄 | 2023년 6월 10일
초판 1쇄 발행 | 2023년 6월 15일

지은이 | 지난

펴낸이 | 김주희　　　**펴낸곳** | 봄에
출판등록 | 제2019-000008호 (2017년 6월 21일)
주소 | 인천시 부평구 장제로 163, 1201호
팩스 | 02)6442-4524　　　**이메일** | luffy1220@naver.com

ISBN 979-11-90416-04-7(03810)

* 「봄에」는 「프로작북스」 출판사의 소설, 에세이 임프린트 브랜드명 입니다.
* 이 책은 저작권법에 따라 보호를 받는 저작물이므로 무단 전재와 복제를 금지하며,
  이 책 내용의 전부 또는 일부를 사용하려면 반드시 저작권자와 봄에출판사의 서면동의를
  받아야 합니다.
* 파손된 책은 구입하신 서점에서 교환해 드리며 책값은 뒤표지에 있습니다.